Joachim Huessner

Ein Weg hinters Licht

Autobiographischer Roman

DRACHENMOND VERLAG

DRACHENMOND VERLAG

Astrid Behrendt
Rheinstraße 60
51371 Leverkusen
http: www.drachenmond.de
E-Mail: info@drachenmond.de

Satz, Layout & Bildbearbeitung:
Astrid Behrendt, Leverkusen
Lektorat: Leonie & Martin Biallas, Hürth

Digitaldruck und Logistikmanagement:
Infolog GmbH
74847 Obrigheim
www.Info-log.de
Buchbinderische Verarbeitung: Paul Kapeller, Obrigheim
Gedruckt in Deutschland
Papier FSC zertifiziert

ISBN 978-3-931989-55-2

Inhalt

Für Mick und Tim

Prolog

„Schreib' ein Buch, Conny", sagte Nicole, die einstmals beste Freundin meiner Frau zu mir. „Wenn nicht du, wer sollte dann eins schreiben?!"

Sie hatte recht. Nur habe ich nicht die geringste Ahnung, wie das geht. Einfach hinsetzen und lostippseln? Wie früher bei den Aufsätzen in der Schule? Erstmal eine Stoffsammlung, dann die Gliederung, Einleitung, Hauptteil, Schluss. Ist ein Buch so etwas wie ein zu lang geratener Aufsatz?

Ich fing dann irgendwann mal mit der Stoffsammlung an und dachte mir Fantasienamen für die beteiligten Personen aus. Das Schreiben schob ich aber immer weiter vor mich her. Ich fühlte, dass der Schluss immer noch nicht gekommen war. Und das, was ich schreiben wollte, wandelte sich laufend durch die persönliche Reflexion dessen, was passiert war und fortlaufend passierte. Die Tonlage meiner ganzen Geschichte veränderte sich mit der Zeit, und ich hatte immer noch keinen wirklichen Abschluss. So als Laie im Buchschreiben dachte ich, die Leute möchten gerne ein Happy End lesen. So wie im Film. Die drehen einen Film mit unterschiedlichen Schlussminuten und lassen sie dann „testgucken". Nach allem, was ich gehört habe, setzt sich zum Ärger der Autoren immer die Happy End Version durch. Und hier geht's ja nicht nur um den Leser. Mein Leben würde auch dringend ein Happy End brauchen. Doch dann hatte ich plötzlich meinen Schluss. Es war definitiv klar, dass das der Schluss sein würde. Ob er mir oder sonst wem passte oder nicht.

Schon seit langem interessierte sich Pia, meine Frau, für Esoterik. Sie hat Wahrsagerinnen aufgesucht, die Prüfung zum Reikimeister bestanden, alle möglichen Steine und Bücher gekauft und im Jahr 2005 eine Ausbildung zur Reinkarnationstherapeutin in Bonn begonnen. In der ganzen Zeit wies sie mich immer wieder darauf hin, dass es auch meine Aufgabe sei, mich „weiterzuentwickeln".

Da ich erst mit fünfunddreißig heiratete, hatte ich bis dahin längst verstanden, dass eine Partnerschaft auf die Dauer nur funktioniert, wenn man sich über etwas unterhalten kann, das für den anderen von Bedeutung ist. Zudem gab es in meinem Leben Begebenheiten, die mir deutlich klar machten, dass mehr existiert als das, was wir begreifen oder sich wissenschaftlich erklären lässt. Also habe ich schließlich an einigen Familienaufstellungen teilgenommen und auf Pias Drängen ein Medium in Saarbrücken besucht.

Im Rückspiegel sehe ich aber, dass das auch die Zeit gewesen sein muss, in der meine Blume aufs falsche Gleis gestellt wurde. Sie fing an, ihr Leben mehr und mehr nach Dingen auszurichten, die ihr prophezeit wurden. Außerdem engagierte sie sich noch in einer Gruppe, die allen möglichen Hügenspügen, wie ich das Übersinnliche gern nenne, betrieb.

Wenige Monate nach Beginn der Ausbildung ging sie zu einer Vorlesung des spirituellen Lehrers Gernot Lorenz aus Traunstein, der damals über die Lande tingelte und bei uns im Westerwald Station machte. Der hat bei ihr einen ziemlichen Eindruck hinterlassen und sie davon überzeugt, dass seine

Weisheiten in viel tiefere Schichten führten als die Reinkarnationstherapie. Deshalb fragte sie mich, ob ich einverstanden sei, wenn sie die Ausbildung abbräche und statt dessen vier- oder fünfmal im Jahr ein Seminar bei Gernot besuche. Sie würde dort Wichtigeres lernen, und billiger als die 3000 Euro für die Ausbildung zur Rückführungstherapeutin wäre es allemal.

Ich sagte ihr, sie solle tun, was sie für das Richtige hält, gab ihr aber zu bedenken, dass sie von Gernot zum Abschluss kein Diplom bekäme. Das war ihr egal, und so meldete sie sich im Januar 2006 für das erste Meditationsseminar zum Weg ins Licht an.

In der Woche, die sie dann in Traunstein verbrachte, war ich Hausmann und kümmerte mich um die Kinder.

Mit gemischten Gefühlen holte ich Pia vom Bahnhof ab. Sie drückte mich jedoch minutenlang und schwärmte, dass das alles sehr ergreifend gewesen sei, erzählte von der Gruppendynamik, die entstanden sei, und dass sie einige Seelenverwandte kennengelernt habe. Sie sei unglaublich glücklich, dass wir beide uns in diesem Leben getroffen haben, weil ich ihr ermöglichte, sich zu verwirklichen. Ich sei ihr Traummann und sie danke mir so unendlich.

Von so viel Emotion und Liebe auf einmal war ich wie erschlagen. Ich freute mich für sie und sah nicht den geringsten Grund zur Sorge.

In ihrer Begeisterung brachte sie ihren jüngeren Bruder Peter, der mit ihr die Ausbildung in Bonn begonnen hatte, dazu, ebenfalls zu Gernot zu wechseln.

Kapitel 1
Dietmar

Sonntag, 26.11.2006

Wir waren auf dem Rückweg von einem Fußballturnier in Westerburg. Jetzt, in der Winterpause, kickten die Kinder alle paar Wochen in einer anderen Sporthalle um irgendeinen Pokal. Die meisten Elternpaare kannten sich schon seit der Krabbelgruppe und abwechselnd brachte jemand eine Kanne Kaffee und ein bisschen Selbstgebackenes mit. Es war ein ganz entspannter Sonntagnachmittag gewesen. Während ich uns nach Hause kutschierte, schaute ich nach den letzten bunten Resten des Herbstlaubs auf den Bäumen und hing meinen Gedanken nach. Ich war rundum zufrieden mit meinem Leben.

Meiner Frau Pia, gerade vierundvierzig geworden, sah man immer noch an, dass sie früher mal die Ballkönigin an ihrer Schule war. Sie hatte in den letzten Jahren ein paar Fältchen bekommen, aber sie strahlte das gewisse Etwas aus, das Männer an selbstbewussten Frauen mögen. Meine Jungs, Tim (10) und Mick (12), waren begeisterte Fußballer. Mick bestritt auch noch Motorradrennen. Fünf Jahre fuhr er nun schon in verschiedenen Nachwuchsserien und hatte es bis in den nationalen Förderkader geschafft. Verena (23), die Älteste, stammte aus einer früheren Beziehung meiner Frau. Sie wohnte seit 2004 in Köln.

Vor ein paar Jahren haben wir auf unserem Grundstück die alte Scheune abgerissen und einen Neubau neben dem Bauernhaus errichtet, das wir vor einem guten Jahrzehnt hier im Westerwald gekauft hatten. Die beiden Gebäude waren mit einem auf hölzernen Säulen stehenden Übergang verbunden, der mitten durch unseren Garten führte. Er sah aus wie ein alter Wehrgang und gehörte sicher zu den architektonischen Highlights in unserem Achthundertseelendorf. Pia arbeitete halbtags als Krankenschwester und ich war freiberuflich in der Außenwerbung tätig – Plakatbewertung und Akquisition. Die Aufträge führten mich ins gesamte Bundesgebiet. Zweimal im Monat war ich für vier oder fünf Tage weg, aber unterm Strich sah ich meine Familie öfter als die meisten, die den ganzen Tag einer regelmäßigen Arbeit nachgehen. Das einzige Haar, das in meiner Suppe schwamm, waren vielleicht die relativ hohen laufenden Kosten für die Finanzierung und den Unterhalt der Häuser. Aber das Geschäft lief gut, ich hatte einen Haufen Ideen und genügend Power im Hintern.

„Mama, du trägst ja deinen Ehering gar nicht!“, meldete sich Tim von der Rückbank. Irritiert schaute ich auf die rechte Hand meiner Blume und hörte, wie sie in ihrer Unsicherheit etwas von neuen Vorschriften wegen der Keime im Krankenhaus nach hinten stammelte. Nach fünfzehn Jahren sollte man wissen, wann man angelogen wird. Außerdem hatte sie sich letzte Woche einen neuen Modering gekauft und der prangte jetzt statt unserem Ring an ihrer Rechten. Ziemlich verwirrt legte ich die letzten Kilometer zurück. Zu Hause wartete ich, bis die Kinder sich mit ihrem eigenen Kram beschäftigten. Dann wollte ich mit ihr reden. Aber ich musste mich noch gedulden: Pia war meditieren gegangen.

Nach dem zweiten Seminar, das im April in Berlin stattfand, hatte sie den Dachboden des Bauernhauses in ein Meditations- und Rückzugszimmer verwandelt. An den Wänden hingen Bilder von Serapis Bey, der Jungfrau Maria und Jesus Christus. Ein Dutzend Teelichter standen in einer mit Sand gefüllten schwarzen Sushi-Schale auf dem blauen Teppich. Bunte Tücher waren um die alten Sparren geschlungen, ein wackeliges Tischchen mit einem Räucherstäbchenhalter, einem Biotensor, einigen Halbedelsteinen und allerlei Krimskrams lehnte neben meiner alten Gründerzeitkommode, auf die sie ihre Bücher gestapelt hatte. Eine kleine HiFi-Anlage zum Abspielen ihrer Entspannungsmusik hatte sie von mir zum Geburtstag bekommen. Mittendrin lag ihr purpurfarbenes Meditationskissen, auf dem sie vermutlich gerade saß.

Während ich so wartete, gingen mir die letzten Monate durch den Kopf. Sie kam zwar immer freudestrahlend von den Seminaren zurück, aber sie hatte sich verändert. Ungefährlich, wie mir schien, aber doch verändert. Sie aß kein Fleisch mehr und den Fernseher mied sie mit der Begründung, dass ihr die Energien nicht guttäten. Zweimal am Tag zog sie sich zum Meditieren zurück.

Dann noch diese Geschichte mit der Riester-Rente, ein paar Wochen zuvor. Auf Empfehlung eines Bekannten rief mich ein Versicherungsvertreter an und erklärte mir unsere Möglichkeiten. Ich fand, dass es eine gute Sache für Pia wäre. Nachdem ich mit ihr gesprochen hatte, vereinbarten wir für den nächsten Tag einen Termin. Morgens erklärte mir meine Blume jedoch, dass sie eine Eingebung von oben bekommen hätte. Eine Riester-Rente würde sie nicht brauchen. Nach einer ergebnislosen Diskussion sagte ich den Termin wieder ab.

Im Bett war sie neuerdings auch ganz anders. Ihr Temperament hatte sie gegen eine hingebungsvolle Sanftheit getauscht.

Endlich erschien sie. Natürlich hatte sie gewusst, dass es wegen des Rings ein Palaver geben würde und war vorbereitet. Sie ging sofort in die Offensive.

„Ich muss dir jetzt mal was sagen, Conny!" Ihre Stimme klang eigenartig kühl. „Sicherheit und Vertrauen kann ich dir ab jetzt nicht mehr geben. Die musst du in dir selbst finden. Als ich im Oktober beim Seminar in Traunstein war, habe ich meine Befreiung gemacht. Ich bekam dafür ein einzigartiges Geschenk von Gottvatermutter. Ich bin jetzt die göttliche Liebe und soll sie in die Menschheit tragen. Das hat keinen Einfluss auf meine Liebe zu dir. Die ist nicht kleiner geworden dadurch. Sie ist nur durch eine höhere, reinere Liebe ersetzt worden. Da du aber nicht meine Entwicklungsstufe hast, kannst du sie momentan nicht fühlen. Ich habe dir schon immer geraten, dich weiterzuentwickeln, aber du bist im letzten Jahr einfach stehen geblieben. Ich weiß, dass deine Seele danach schreit, sich zu transformieren."

Ich versuchte ruhig zu bleiben. „Und wie darf ich mir diese neue Liebe vorstellen?"

Mit dem mitleidigen Blick einer Grundschullehrerin vor ihrem schlechtesten Schüler erklärte sie mir: „Mir ist etwas Unglaubliches widerfahren und ich habe meine wahre Berufung gefunden. Ich lebe jetzt zeitweise in der 5. Dimension und weiß, dass ich die reine Liebe zu den Menschen bringen soll. Nicht nur zu dir, und deshalb kann ich dir auch kein Versprechen mehr geben. Für was auch immer kommt und um für alles frei zu sein, musste ich den Ring ablegen. Aber sobald du den nächsten Schritt machst, kannst du mich verstehen."

Ich merkte, wie ich fiel und aufschlug. Darauf war ich nicht vorbereitet. Mit ihrer kleinen Ansprache hatte sie das, was ich für die Grundlage unserer Ehe hielt, durch den Schornstein geblasen. Ihre Augen waren plötzlich eiskalt und die Schwingungen, die von ihr ausgingen, waren alles andere als göttliche Liebe. Sie hatte das mit einer solchen Entschlossenheit und Überzeugung vorgebracht, dass meine aufkommende Angst fast zur Panik wurde.

„Liebe?... Wie meinst du das? So wie Jesus, der alle Menschen liebte, oder....?"

Aber sie hatte es wirklich nicht darauf abgesehen, Zweifel zu hinterlassen.

„Die göttliche Liebe unterscheidet nicht nach irdischen Maßstäben – wenn es verlangt wird, gebe ich die Liebe in jeder Form!“

Ich verlor die Fassung. „Das kann doch nicht dein Ernst sein! Spürst du nicht, dass das unser Ende ist?“

In ihrem Gesicht lag Gleichgültigkeit. „Nein, das muss es nicht. Du musst dich nur weiterentwickeln, dann verstehst du mich. Ich gehöre einfach nicht mehr dir allein. Aber eins ist klar, wenn du dich nicht transformierst, wird unsere Beziehung auf kurz oder lang kaputt gehen.“

In diesem Moment wurde mir bewusst, dass ich meine Frau überhaupt nicht mehr kannte. Es traf mich völlig unvorbereitet.

Noch einmal versuchte ich es: „So funktioniert doch keine Partnerschaft. Du kannst doch nicht mit jedem bumsen, der es gerade braucht, nur weil es deine neue Religion verlangt!“

Die Antwort darauf klang vorgekaut: „Du reduzierst jetzt alles auf das Körperliche. Das kommt nur von der Angst, mich zu verlieren. Der erste Schritt, den du machen musst, ist, mich loszulassen.“

„Ich will dich aber nicht loslassen, deswegen habe ich dich doch nicht geheiratet!“, schrie ich sie an.

Sie schüttelte ihre kupferfarbenen Locken. „Die alte Pia, die du dir wünschst, gibt es nicht mehr. Ich habe in diesem Leben einen Auftrag von Gottvatermutter bekommen und den werde ich erfüllen. Akzeptiere es, oder trenn’ dich von mir!“

Damit ließ sie mich stehen.

Meine Eltern liessen sich scheiden, als ich sechs war. Im Gegensatz zu ihr wusste ich, was Scheidung bedeutet. Vor allem Schmerzen! Schmerzen, die niemand versteht, der sie nicht selbst erlebt hat. Deine Seele wird in zwei Teile gerissen, und einer davon geht dir für immer verloren. Das sollte meinen Kids erspart bleiben. Lange vor Pia hatte ich schon mal eine Hochzeit platzen lassen, weil ich mir nicht sicher genug war. Nicht, dass ich die Frau nicht geliebt hätte. Mir fehlte nach drei Jahren aber immer noch das Gefühl des „bis dass der Tod euch scheidet". Bei Pia war es komischerweise von Beginn an da.

„Keine Panik Conny, Panik ist der Tod", sagte ich zu mir selber.

Sie hatte ihre Nachtdienstwoche und ich beschloss, ihr einen Brief zu schreiben. Abends nahm ich das kleine Kummerbuch, das wir zur Hochzeit geschenkt bekommen hatten, mit ins Bett. Ich hatte es schon lange nicht mehr durchgeblättert, aber es stand kaum etwas über Kummer und Sorgen drin. Wir hatten es von Anfang an abgewandelt und uns immer kleine Liebesbriefe reingeschrieben. Ich machte mir noch einen Whiskey mit Eis und fing an. Ich schrieb von der ewigen Liebe, die wir uns versprochen hatten, von den Geschichten und Abenteuern, die wir zusammen erlebt hatten, von den Kindern, von Bhagwan und Scientology. Von dem, was uns verband und was wir uns in den vielen Jahren erarbeitet hatten. Am Ende wurden es dreißig Seiten, und ich bekam höchstens noch zwei Stunden Schlaf. In dieser Nacht hatte ich seit langem wieder eine Vision. Aber der Wecker zerbröselte sie in Stücke. Ich stand auf, um die Kinder schulfertig zu machen. Es blieb keine Zeit, die Teile aufzusammeln und zu ordnen.

Mit diesen Bildern, die ich manchmal im Schlaf hatte, war es eigenartig. Wenn ich aufwachte, wusste ich genau, dass es keine Träume gewesen waren. Es war die Zukunft. Das, was eines Tages passieren würde. Ganz selten offensichtlich, eher wie eine Metapher angelegt, die ich erst interpretieren musste. Nur wenige Male hatte ich bis dahin eine echte Vision gehabt, die chronologisch ablief und sich dann später genauso in der Realität wiederholte. Ehrlich gesagt war ich auch nicht scharf darauf. Erstens war es nie etwas Gutes und zweitens viel zu wenig für einen Nostradamus der Gegenwart. Die Lottozahlen vorhersehen zu können wäre besser.

Kurz bevor ich losfuhr, kam Pia vom Nachtdienst. Ohne Worte gab ich ihr das Buch und schwang mich in mein Auto. Ich fuhr nach Oberhausen, wo ich Fotos für die Dokumentation einer Werbekampagne machen wollte. Den ganzen Tag dachte ich darüber nach, dass der Brief sie doch beeindrucken und sie kapieren müsse, dass sie auf dem Holzweg sei. Dass sie nur benutzt wurde, für einen üblen Zweck. Dass es nicht um sie ging, sondern um das Geld, das sie für die Seminare ablieferte.

Gegen 18.00 Uhr war ich wieder zurück. Hoffnungsvoll suchte ich sie im Haus und wurde in der Küche fündig. Mein Wunschtraum, dass sie ihr „komm' mal her“ hauchte, mich liebevoll wie früher in den Arm nahm und meine Welt sich wieder wie gewohnt drehte, zerplatzte mit einem einzigen Blick. Sie war immer noch so schrecklich kalt. Also ging ich auf sie zu.

„Hast du's gelesen?“

„Ja.“

„Und, willst du nicht mit mir darüber reden?“, fragte ich sie.

„Wenn du dazu bereit bist!“

Ich nickte nur. In ihren Augen glühte Besessenheit, als sie begann.

„Conny, du hängst am alten Leben, bist gefangen in der alten Welt. Von der habe ich mich aber befreit. In meinen Meditationen bin ich schon oft in der neuen Welt gewesen. Wir nennen es die 5. Dimension. Es ist eine neue, bessere Welt, die kommen wird. Dort gibt es nicht mehr diese alte, klammernde Liebe, die zwei Menschen aneinanderkettet.“

Klammernde Liebe? – Obwohl es mir auf der Zunge lag, sie zu unterbrechen, ließ ich sie fortfahren. Sie konnte mir meine Fehler gern aufzeigen, aber an ihr geklammert hatte ich nie.

„Von Gernot und aus meinen Meditationen weiß ich, dass wir am Anfang einer neuen Weltordnung stehen. Wir werden uns transformieren und viel glücklicher in unendlicher, ungebundener Liebe leben. Wahre Liebe kann sich nur

in Freiheit entwickeln und wachsen. Deswegen gilt für mich das Eheversprechen nicht mehr. Ich werde den Ring nie wieder tragen. Mach's dir doch nicht so schwer. Gib' mich frei und lebe selbst die reine Liebe. Das muss alles gar nicht wehtun. Ich weiß genau, dass deine Seele das auch schon lange will. Und jetzt ist der Zeitpunkt gekommen, dass du dich nach innen besinnst und das auch fühlst!"

Es hat keinen Sinn, einem Verrückten erklären zu wollen, dass er verrückt ist. Außerdem war mir nach Heulen zumute und nicht mehr nach Reden. So beließ ich es bei einem letzten trotzigen Satz:

„Nur weil du in der 5. Dimension angekommen bist, heißt das für mich nicht, dass ich dich mit anderen Männern teilen werde."

Nachdem sie meine Welt in Schutt und Asche gelegt hatte, lief mir jetzt eine Träne die Wange herunter. Nun endlich umschloss sie mich mitleidig mit ihren Armen.

„Ja, ich weiß, wie weh das tut. Lass' den Schmerz raus. Als ich meine Befreiung hatte, habe ich auch all diese Schmerzen erfahren, aber was ich dafür bekam, war ein viel größeres Geschenk."

Ich schob sie weg und ging ins Büro. Dann wählte ich Dietmars Nummer.

Er wohnte zu der Zeit in Köln und war einer meiner ältesten Freunde. Der geborene Lebenskünstler. Ein Volkswirtschaftslehre- und Politikstudium hatte er irgendwann einmal abgebrochen und jobbte nun seit zwanzig Jahren hier und da. Er war ein Schulfreund meiner ersten großen Liebe. Ich habe ihn praktisch als Inventar behalten.

Dietmar meinte, dass er schon verschiedentlich von den neuen Sekten gehört habe, die ihr Unwesen trieben, aber bei Pia sei ihm bis dato auch nichts aufgefallen. Tags darauf wollte er mal vorbeischauen.

Dienstag, 28.11.2006

Am nächsten Morgen brannte ich noch rasch die Fotos vom letzten Auftrag auf eine CD und fuhr sie zur Post. Als ich zurückkam, saß Dietmar schon vor einem meiner Rechner im Büro. Wie sich das für beste Freunde gehört, hatte er einen Haustürschlüssel und kannte die Passwörter. Nach einem kurzen „Hallo Alter!" zeigte er auf den Monitor. Dort war auf einer Seite etwas über NLP erklärt:

„Die Wortkonstruktion „Neuro-Linguistisches-Programmieren" verweist auf die starke Wechselbeziehung zwischen neurophysiologischen Prozessen, unserer Sprache sowie spezifisch-genereller Musterbildungen, also strukturgebende mentale Programme für die subjektiven Erfahrungen. Diese drei Aspekte, und besonders ihr Wechselspiel, beeinflussen entscheidend unser Wahrnehmen, Denken, Empfinden und Handeln." [1]

„Ich hab' doch mal zwei Jahre für 'ne Versicherung in Aachen gearbeitet", fing er an. „Da war ich auch auf verschiedenen Schulungen. Einmal habe ich erlebt, wie nach einem zweistündigen Vortrag ein Haufen wild gewordener Möchtegernverkäufer klatschend auf den Tischen tanzte und sich schon als Millionäre sah. Unterschätze nie die Macht des gesprochenen Wortes, wenn es von jemandem eingesetzt wird, der sich damit auskennt. Da kommen dann noch ein paar Psychotricks dazu und fertig ist die Gehirnwäsche."

Zweifelnd schaute ich ihn an. „Aber das, was Pia von sich gibt, ist absurd. Das hat doch mit der Realität nix mehr zu tun."

„Realität spielt sich im Kopf des Betroffenen ab. Nimm dir mal diese Sendungen, wie zum Beispiel *Versteckte Kamera*. Das einzige Problem, das die haben, ist der Einstieg. Sobald der Verarschte aber den Anfang geschluckt hat, glaubt er alles, was logisch darauf aufbaut, ohne den Anfang noch einmal in Frage zu stellen. Das Ergebnis ist, dass er sich immer mehr zum Trottel macht. So ähnlich läuft's auch im Kopf deiner Frau ab."

Das leuchtete mir ein.

„Schau mal", fuhr er fort, „Pia dackelt doch schon seit Monaten zu diesen Seminaren. Die sitzt da auf ihrem Kissen, meditiert und hört sich dabei stunden- und tagelang den Quark an, der von ihrem Meister verzapft wird. Die sprechen da natürlich auch jede Menge und geben viel von sich preis. Irgendwo packt er sie dann und baut ihnen den logischen Einstiegsweg zu seiner Lehre. Der ist individuell maßgeschneidert. Du hast doch selbst gesagt, dass Pia sich für die göttliche Liebe hält. Na, schau' sie dir doch mal an. Passt prima zu ihr. Damit steht sie praktisch im Mittelpunkt der ganzen Bewegung und jeder braucht sie. Denn ohne Liebe kommst du auf einem göttlichen Weg nicht weiter!"

Wieder hatte er recht. Auch wenn es eine abgedrehte Vorstellung war, dass sich meine vierundvierzigjährige Blume für eine neuzeitliche Aphrodite hielt.

„Noch was sollte dir klar sein!" Dietmar hatte sich auf seinem Drehsessel zu mir gewandt. „In jeder dieser Gruppen gibt es einen Frauenversteher, und wenn die da in ihren Empfindungen baden, ist ganz schnell was passiert."

„Nee, Pia nicht! Treue war für uns immer 'ne heilige Sache. Genauso wenig, wie ich sie bescheißen würde, macht sie das auch nicht mit mir. Pia ist treu wie Gold!"

Er zuckte nur mit den Achseln. „Die ganze Kacke, die jetzt am Laufen ist, hättest du doch auch nicht erwartet."

Möglich war alles, aber ich zog es nicht ernsthaft in Erwägung.

Dann begannen wir, uns durch verschiedene Seiten, die sich mit Sekten beschäftigen, zu googeln. Zwischendurch druckte Dietmar ein paar Sätze aus und gab sie mir in die Hand:

„Die Sektenlehre gibt Antwort auf alle bedrängenden Fragen. Ein Nichtmitglied weiß wenig, ein Mitglied fast alles. Die lehrmäßige Klarheit gewährt emotionale Sicherheit. Das Sektenmitglied gehört zu einer religiösen Elite, Sektenzugehörigkeit steigert das Selbstwertgefühl.

Die Sekte versucht, moderne Menschen in ein angeführtes Kollektiv zurückzuführen. Kritikfähigkeit wird systematisch verdrängt. Es wird kritiklose Identifikation verlangt. Die Angst der Mitglieder wird hemmungslos geschürt. Angstbesessene Leute verzichten gerne auf Kritik. Der Totalitarismus einer Sekte wird rituell gestaltet. Jede Sekte inszeniert Opfer, übt radikale Opferbereitschaft. Geopfert werden z.B. Geld, Beruf, bisherige Beziehungen, Anspruch auf Privatleben, Kritikbereitschaft, Individualismus, bisheriger Name, persönliche Kreativität."[2]

Nun gut, alles traf nicht zu. Angsterfüllt sah Pia keinesfalls aus. Geopfert hatte sie bisher schon jede Menge Geld. Kritik bzw. Unglauben wurde, wie ich aus ihren bisherigen Erzählungen wusste, immer auf ein übersteigertes Ego und Eigennützigkeit geschoben. Sie vertraten die These, dass man sich frei machen musste, um echte Gefühle zu haben. Frei von allem. Na ja, frei machte Gernot sie schon – frei von Geld und Verstand!

Trotzdem sah ich, dass viele der Punkte auf sie und ihren Zirkel zutrafen. Vor allem aber war sie in der Gruppe schon so weit aufgestiegen, dass sie selbst Meditationen leiten durfte. Pia hatte in den letzten Wochen vier Frauen aus unserem Bekanntenkreis für ihre Sache gewonnen. Gemeinsam meditierten sie zweimal pro Woche oben unterm Dach und drückten mich immer ganz innig, bevor sie gingen.

Je mehr ich las, desto mehr schwanden meine Hoffnungen. Alles, was ich über Ausstieg fand, betraf eigentlich nur Hilfe bei einer Anfangszugehörigkeit. Dafür war es bei Pia schon zu spät. Sie würde man nur über eine Radikalkur wieder ins normale Leben zurückbekommen. Ich fand einen

Fall, in dem Eltern ihre Tochter mit Gewalt von den Moonies weggeholt und wochenlang in einen Keller gesperrt hatten. Ein verlockender, aber leider undurchführbarer Gedanke.

Ich hatte sie zu lange aus den Augen gelassen. Diesen Vorwurf musste ich mir machen. Ich war viel zu lange nur mit mir selbst beschäftigt gewesen, um ihr Treiben zu hinterfragen. Das ist die Gefahr, wenn man sich wohlfühlt in seiner Haut. Wenn es läuft, man sich keinerlei Sorgen macht, wenn man zu sehr darauf vertraut, dass es immer so weitergeht, aufwärts.

Plötzlich merkte ich mal wieder, dass das Leben keine Einbahnstraße war. Ich brauchte jetzt einen Plan. Ich hatte das Gefühl, auszurasten, wenn mir nichts einfiele. So beschloss ich Peter, Pias Bruder, anzurufen, um ihn zu fragen, ob sich seine Schwester irgendwie geäußert hätte.

Peter war Krankenpfleger und wohnte mit seiner Familie in der Nähe von Augsburg. Er war ein ziemlich cooler Hund. Wir hatten uns vor ewigen Zeiten auf einer Fähre von Suratt
hani nach Koh Samui kennengelernt. Den Trip nach Thailand hatte er sich damals mit 300 Mark Einsatz in der Spielbank Garmisch-Partenkirchen zusammengezockt. Wir mochten uns von der ersten Sekunde an. Ich werd' nie vergessen, wie wir eines Abends vor unserer Bambushütte saßen, Ganja rauchten und Raschid, der indische Schneider, Peters neue Kleider vorbeibrachte. Es war Peters erster Joint, und er war so breit, dass er mit den Füßen in die Hemdsärmel steigen wollte. Der Schneider stand daneben und tat, als wenn er das

jeden Tag erleben würde. Die Situation war so komisch, dass ich vom Lachen Bauchmuskelkrämpfe bekam.

Über die Jahre entwickelte sich eine tiefe Freundschaft daraus. 1991 war ich dann Trauzeuge bei seiner ersten Hochzeit. Dort habe ich Pia kennengelernt.

Er hatte ebenfalls die Reinkarnationstherapie abgebrochen und nahm mittlerweile an Gernots Seminaren teil. Ich wählte seine Nummer in der Hoffnung, dass er heute nicht arbeiten müsse und hatte Glück.

„Hi Peter!“

„Servus Conny!“

„Du, ich wollt’ mal mit dir reden.“

„Ja, gut, dass du anrufst. Ich wollte dir auch schon seit einiger Zeit was sagen. Aber ich hatte noch nicht den richtigen medialen Moment dafür gefunden.“

Oh mein Gott, wie ist der denn drauf gekommen?, dachte ich.

„Macht’s dir was aus, wenn ich anfange? Hier brennt’s nämlich ein bisschen!“

„Was ist denn los?“

Nun erzählte ich ihm das Notwendigste aus den letzten Tagen. Aber seine Antwort war nicht unbedingt das, was meine Ohren hören wollten:

„Mach’ dich mal locker, Conny. Du hast doch keinen Besitzanspruch auf deine Frau. Pia ist etwas ganz Besonderes. Eine uralte Seele, die schon seit Anbeginn der Zeit hier auf Erden wandelt. Ich übrigens auch. Ich habe zusammen mit ihr bei Gernot im Seminar noch einmal den Urschmerz fühlen dürfen, als wir damals in den von Fell behaarten Körpern der Neandertaler inkarnierten. Es war schrecklich. Wir stellten fest, dass wir unsere Göttlichkeit für ein Experiment aufgegeben hatten und in diesen grässlichen Halbtieren gefangen waren. Pia hat wirklich eine göttliche Aufgabe. Da brauchst du dich nicht so kleinkariert anzustellen. Weißt du übrigens, was mir neulich beim Holzmachen im Wald passiert ist?"

Ich verneinte.

„Da ist mir deine weinende Seele begegnet. Die will endlich ins Licht! Also komm' zu uns, wir warten schon lange!"

„Und was ist, wenn ich nicht komme?"

„Dann geht deine Seele!"

„Wie? Und wohin geht die dann?"

„Dann stirbst du!"

„Ähm, hört sich irgendwie nach Erpressung an!"

„Hhm, du musst die Wahrheit einfach nur erkennen und fühlen."

„Danke, Peter, das hat mir jetzt sehr geholfen, mach's gut!"

„Tschau, Conny!"

Ich legte auf und schaute Dietmar an. „Der ist auch durchgeknallt!"

Ich hatte in meinem ganzen Leben noch nie irgendeine Beratungsstelle kontaktiert. Heute war der Tag gekommen, und ich wählte einige der Nummern von den Sektenberatungsstellen, die wir im Internet gefunden hatten.

Aber echte Hilfe gab es da auch nicht. Die konnten mir kaum was sagen, was ich nicht schon wusste. Mitglied in einer Sekte zu sein bedeute Abhängigkeit. Man müsse solche Menschen im Grunde wie Suchtkranke sehen und so weiter. Eine Dame meinte am Ende des Gesprächs: „Wissen Sie, in Deutschland gibt's doch Glaubensfreiheit. Da kann jeder glauben, was er will, solange er nicht zur Gefahr für die Allgemeinheit wird. Entweder Sie arrangieren sich mit Ihrer Frau oder Sie müssen sich von ihr trennen. Rauskriegen werden Sie sie kaum!"

– So viel schlechter ist ein Leben ohne Beratungsstellen auch nicht!

Gleich waren die Kinder aus der Schule zurück und ich musste jetzt was kochen. Langsam bekam ich auch Hunger. Zum Frühstück hatte ich nichts essen können. Mein Magen rebellierte zurzeit morgens gegen feste Nahrung. Im Tiefkühler lag noch ein großer Beutel Gulasch, dazu gab's Kartoffeln. Das sollte für heute reichen.

Nach dem Essen diskutierten Dietmar und ich weiter. Von der Sektenberatung hatte ich erfahren, dass es besser sei, wenn nicht einer meiner Bekannten versuche, ein Gespräch mit ihr zu führen, sondern Personen ihres Vertrauenskreises. Obwohl die beiden ganz gut miteinander konnten, fiel Dietmar damit erstmal raus. Am späten Nachmittag verabschiedete er sich.

Kapitel 2
Pia

Als Pia abends wieder im Nachtdienst war, rief ich ihre Mutter in Augsburg an. Durch meine Freundschaft zu Peter war ich in der glücklichen Lage, meine Schwiegereltern schon lange vor meiner Frau kennengelernt zu haben. Vielleicht hatten wir deshalb so ein gutes Verhältnis. Bedauerlicherweise war ihr Mann vor ein paar Jahren gestorben. Der unerschütterliche Glaube an Gott half ihr damals über die schlimmsten Monate hinweg.

„Hallo Katrin!"

„Conny! Gibt's euch auch noch? Ihr habt euch ja ewig nicht mehr gemeldet. Schön, dass du anrufst! Wie geht's dir?"

„Du, Katrin, ehrlich gesagt, ziemlich bescheiden. Ich hab' hier ein größeres Problem und wollte dich um Hilfe bitten", redete ich nicht lange um den heißen Brei herum.

„Was soll ich machen?"

Ich erklärte ihr in ein paar hastigen Sätzen, was los war und was ich von ihr wollte.

„Um Gottes Willen, was macht denn DIE. Spinnt die denn jetzt ganz?"

„Katrin, das ist viel komplizierter, als es sich anhört. Meines Erachtens wurde sie mit einer Art von Gehirnwäsche komplett umprogrammiert."

„Gut, wenn ich morgen früh um 8.00 Uhr losfahre, bin ich da, bevor sie aufsteht."

Das war eine ihrer unschlagbaren Eigenschaften. Obwohl sie vor ein paar Wochen siebzig geworden war, hatte sie sich die Flexibilität eines Teenagers bewahrt.

„Ich dank' dir, Katrin, bis morgen!"

„Ich wünsch' dir Kraft, Conny! Bis morgen!"

Anschließend wählte ich Verenas Nummer. Sie war neun, als ich Pia begegnete, und am Anfang ziemlich eifersüchtig. Nach einem Jahr zogen wir drei zusammen in eine Wohnung in Bochum. Mick wurde dort geboren, bevor wir uns entschlossen, auf's Land zu ziehen. Während ihrer Pubertät hatten wir noch einmal eine schwierige Zeit. Irgendwann haben wir aber gelernt, uns zu respektieren. Verschiedentlich habe ich gehört, dass es manchen Eltern gelingt, die Kinder in einer Patchworkfamilie alle gleich zu lieben. Soweit würde ich persönlich jetzt nicht gehen. Trotzdem konnte ich sie ziemlich gut leiden. Nachdem sie bei ihrer ersten Lehrstelle in Bad Marienberg rausgemobbt worden war, hatte ich ihr was bei einer Agentur in Düsseldorf besorgt.

„Hi Vee!"

„Conny?" Sie war nicht gewohnt, dass ich bei ihr anrief.

„Ja, ich bin's – hier gibt's Probleme!"

„Was ist denn los?"

„Deine Mutter, sie ist an einen Schwindler geraten", fing ich an. „Ich brauch' deine Hilfe; auf mich hört sie nicht mehr." Dann erzählte ich ihr die ganze Geschichte. „Deine

Oma kommt morgen hier hin und es wäre gut, wenn du auch da wärst. Vielleicht könnt ihr was bei ihr erreichen!"

„O.k., ich muss das morgen früh erst noch abklären, aber ich denke, dass ich frei kriege. Wenn's nicht klappen sollte, melde ich mich noch mal."

„Dank' dir, Vee! Bis morgen!"

„Bis hin, Conny!"

Ich wollte Pia vor Katrin und Verena mit ihren unsinnigen Thesen konfrontieren, in der Hoffnung, dass ihr gegen die eigene Mutter und Tochter die Argumente ausgingen. Mit einer gewissen Zuversicht ging ich an diesem Abend ins Bett.

Wenn Pia ihre Nachtdienstwoche hatte, kam sie gegen halb acht morgens nach Hause. Ich hatte die Kinder dann schon schulfertig und sie gab ihnen nur noch einen Kuss, bevor die beiden zur Bushaltestelle liefen. Danach ging sie in ihrem Meditationszimmer unterm Dach schlafen.

Zu meiner Überraschung tauchte Dietmar auch schon wieder vormittags auf. Wir tranken einen Kaffee und ich schnorrte eine Kippe von ihm. Ein Jahr lang war ich jetzt schon weg davon. An Zigaretten bin ich erst durch Pia gekommen. Sie hatte dann zum Milleniumswechsel aufgehört und das auch durchgehalten. Ich fühlte mich aber nie als Raucher, weil ich nur ab und zu bei anderen eine mitgequalmt hatte. Manchmal rührte ich drei Wochen lang keine Zigarette an, dann rauchte ich wieder fünf Stück an einem Tag. Das ging jahrelang so. Als ich aber merkte, dass es mehr wurde, gab ich's Anfang des Jahres auf.

Um zwölf kam Verena, etwa eine Stunde später Katrin. Ich erklärte beiden noch einmal ausführlich, welcher Film gerade in Pias Kopf ablief. Im Gegensatz zu Katrin war Verena eher zurückhaltend. Klar, die Story klang ziemlich unglaublich, und ich denke, sie wollte ihrer Mutter mir gegenüber nicht in den Rücken fallen.

Je weiter die Zeiger der Küchenuhr vorrückten, desto unsicherer wurde ich. Sie würde es mir zweifellos übel nehmen, dass ich die zwei da mit reingezogen hatte. Aber jetzt rollte die Kugel und ich konnte nur noch hoffen.

Als sie dann um halb drei am Nachmittag in die Küche kam, um sich einen Kaffee zu kochen, überblickte sie die Situation trotz ihrer Unausgeschlafenheit in einer Sekunde. Ohne Katrin und Verena zu begrüßen, fauchte sie mich an:

„Was soll das? Glaubst du, ich würde deshalb meine Meinung ändern? Ich bin, was ich bin! Dafür habe ich gelitten und das lasse ich mir nicht mehr wegnehmen!"

Katrin sprang ein. „Pia, was genau ist denn jetzt passiert? Wofür hast du gelitten?"

„Das versteht niemand, der das nicht selbst erlebt hat. Ich habe mich befreit und verändert. Einfach weiterentwickelt! Conny will das aber nicht wahrhaben und lebt nur in der Angst, mich zu verlieren. DER sollte sich freimachen davon.

Dann können wir hier das schönste Leben haben. Menschen müssen sich weiterentwickeln. Stillstand ist Rückschritt!"

Scheiß Phrasen, dachte ich. Alles gar nicht ihr Vokabular. Das hatte sie gehört und plapperte es nun nach.

„Für mich ist das keine Weiterentwicklung und schon gar kein schönes Leben, wenn du die Basis von Ehe und Beziehung abstreifst wie eine Haut, die du nicht mehr brauchst. Treue, dem anderen Sicherheit geben, Verantwortung für die Familie übernehmen und dazu stehen, das sind doch die Dinge, weshalb wir geheiratet haben", entgegnete ich.

Sie kam immer mehr in Fahrt. „Das ist alles nur das eigene Ego, das solche Dinge braucht. Wenn du frei und ohne Angst lebst, bekommst du die Sicherheit aus dir selbst!"

Man konnte förmlich spüren, wie sich der Raum mit verletzenden Spannungen auflud. Seit ich denken kann, konnte ich Stimmungen in Räumen fühlen. Auch wenn kein Mensch drin war. Wenn ich als Kind aus der Schule nach Hause kam und in unserem Flur stand, wusste ich, ob dicke Luft herrschte, noch bevor ich jemanden gesehen hatte. Sei froh, wenn du das nicht kannst – es ist verdammt nervend, sensibel zu sein.

„Wo soll denn da die Sicherheit herkommen, wenn ich jetzt permanent damit rechnen muss, dass irgendwer auf dem göttlichen Weg nicht weiterkommt und du ihm dann mit deiner Liebe, egal in welcher Form, ein bisschen auf die Sprünge hilfst!"

Verena saß teilnahmslos da und tat, als wenn ich nichts gesagt hätte. Ich glaube, ihr war die ganze Szene oberpeinlich. Vermutlich hatte ich sie mit der Geschichte überfordert. Dafür mischte Katrin sich wieder ein.

„Ja Pia, das kann doch nicht dein Ernst sein! Was soll das überhaupt bedeuten? Du bist die *göttliche Liebe*?"

Pia war angefressen. Ich kannte sie. Lange würde sie nicht mehr im Zimmer bleiben.

„Davon hast du keine Ahnung. Der Conny stellt mich jetzt in seiner Angst hier als Prostituierte dar. So ist das aber überhaupt nicht gemeint gewesen. Das war ein Geschenk, das ich von Gott auf einem Seminar erhielt. Ich bin die wiedergeborene Liebe und mein Auftrag ist es, sie zum Wohl aller in die Menschheit zu tragen. Mit Sex hat das überhaupt nichts zu tun!"

Das wollte ich so nicht stehen lassen.

„Vor ein paar Tagen hat sich das noch ganz anders angehört. Da hast du gesagt: *in jeder Form*!"

Sie wandte sich wieder zu mir, ging aber nicht mehr darauf ein.

„Ich finde es unter aller Würde, was du hier veranstaltet hast. Hat die mittelalterliche Hexenjagd jetzt also begonnen? Wir sind aber Gott sei Dank nicht mehr im Mittelalter. Ihr habt kein Recht, über mich zu urteilen!" Damit ließ sie uns in der Küche stehen.

Die restlichen Stunden vor ihrem Nachtdienst verbrachte sie in ihrem Rückzugszimmer. Jeder Versuch, den Katrin unternahm, um noch einmal mit ihr zu sprechen, scheiterte. Sie war fast 500 Kilometer gefahren, um ihre Tochter zu sehen. Die Sorgen über die Veränderungen in ihrem Verhalten überwogen den Ärger, der in ihr hoch kam. Relativ wortkarg verabschiedete sich Verena am frühen Abend. Im Nachhinein empfand ich es als Fehler, sie gerufen zu haben. Was hatte ich erwartet, das sie hätte sagen oder tun sollen?

Katrin blieb noch bis zum nächsten Morgen. Bevor sie sich ebenfalls auf den Heimweg machte, musste ich ihr versprechen, sie auf dem Laufenden zu halten. Wie immer, wenn uns jemand verließ, stand ich am Bürgersteig und winkte ihr nach. Als ich mich umdrehte, um ins Haus zu gehen, hielt Dietmar mir schon eine Zigarette hin: „Das ging jetzt aber mal gründlich schief!"

In den nächsten Tagen gingen Pia und ich uns nach Möglichkeit aus dem Weg. Sie schlief in ihrem Meditationsraum und wenn wir sprachen, ließen wir das Thema aus. Die Fronten hatten sich verhärtet und meine Gedanken drehten sich hauptsächlich im Kreis. Keine Idee zu haben war etwas, das mich verrückt machte. Ich war keine Maus, die hypnotisiert vor der Schlange saß und darauf wartete, gefressen zu werden. Ich war lieber die Schlange.

Nach unseren Recherchen war klar, dass Opfer einer Sekte kaum mehr von außen zu beeinflussen waren. Die einzige Chance war vielleicht, innerhalb der Gruppe Zweifel zu säen, um das normale Denken zu reaktivieren. Ich müsste also versuchen, reinzukommen. Wenn ich Peters und Pias Worten glauben durfte, warteten sie ja schon auf mich. Nur verlangte das einen Salto rückwärts. Aber inzwischen war ich soweit, alles zu tun, was irgendeine Aussicht auf Erfolg hatte.

Vor etwa einem Jahr hatte ich endlich dem Drängen meiner Frau nachgegeben und ein Medium aufgesucht. Sie selbst war einige Monate vorher dort gewesen und erzählte mir begeistert davon, dass sie sehr viel über sich erfahren habe. Sie hätte den weißen Seelenstrahl und ihr Meister sei Serapis Bey. Ein aufgefahrener Erleuchteter, der sich den Menschen zu ihrer Heilung zur Verfügung stellt. Er habe über das Medium zu ihr gesprochen. Die Seherin hatte ihr das Ganze in Trance aufgeschrieben und mitgegeben, damit sie immer darin lesen könne. Der Text wäre magisch und verändere sich im Laufe der Zeit zum besseren Verständnis des Empfängers.

Für mich war das ganz kruder Hügenspügen. In dieser Grauzone tummeln sich auf einen Aufrechten tausend Scharlatane. Aber sie war hartnäckig und wies mich immer wieder darauf hin, dass ich mich entwickeln müsse. Schließlich gab ich ihrem Drängen nach und opferte mich samt 250 Euronen um des lieben Friedens willen.

An diesem Tag erlangte ich Kenntnis davon, dass mein Seelenstrahl blau sei, also der gleiche wie der eines gewissen El Moryas, inkarniert aus Abraham, dem biblischen König Melchior, König Arthus, Thomas Becket und anderen illustren Persönlichkeiten der Weltgeschichte. Er wäre damit mein oberster Bemeisterer. Außerdem hätte ich noch einen weiteren Meister – Herkules. Ich könnte ihn jederzeit anrufen und er würde mir Hilfe gewähren. Vor allem aber hätte ich zwei Lebensaufgaben: Ich müsse die unglaubliche Macht, die in mir wohne, für das Positive nutzen und der Menschheit damit helfen. Außerdem solle ich eine Fähigkeit, die ich in früheren Leben hatte, reaktivieren. Ich müsse zu meiner hellseherischen Veranlagung stehen. Darüber war ich doch ein bisschen erstaunt. Meine Visionen gab es ja tatsächlich.

Den gechannelten Aufschrieb hat mir die Dame dann am Ende unserer Session in die Hand gedrückt. Ich fand das alles ziemlich nutzlos und hab ihn zu Hause irgendwo unten in einem Schrank verstaut. Aber ich wollte Pia nicht enttäuschen. Sie quatschte mir zuliebe ja auch über Motorräder, obwohl die sie nicht wirklich faszinierten. Wir hatten ein Thema, das eine Menge hergab. Also deutete ich an, dass das alles sehr aufschlussreich war und meine Weiterentwicklung zu einem besseren Menschen nun mit Sicherheit zügig voran schreite. Die Freude in ihren Augen war die Lüge wert.

Montag, 11.12.2006

Ich kramte in dem Schrank nach den Unterlagen der Seherin. Schließlich fand ich den Umschlag und holte das Manuskript heraus. Sorgfältig studierte ich die Zeilen auf etwas, das ich gebrauchen könnte. Viel Zeit für meine Wandlung hatte ich nicht mehr. Am kommenden Wochenende war ein Seminar in Köln und da wollte ich dabei sein.

Am Abend ging ich dann zu Pia rüber.

„Hi du!", begann ich und versuchte dabei möglichst selbstbewusst zu klingen.

„Hallo Conny!" Irgendwie kam es mir vor, dass sich der Rauch der Schlacht verzogen hatte und sie ebenfalls an einer Verbesserung der allgemeinen Lage interessiert war. Das steigerte meine Chancen.

„Ich hatte letzte Nacht mal wieder eine Vision und kann sie nicht richtig deuten. Kannst du mir vielleicht dabei helfen?" In ihren Augen sah ich, dass ich den richtigen Knopf gedrückt hatte.

Übersinnliches in jeder Form war zu ihrer Welt geworden. Seit einiger Zeit lud sie sich die monatlichen Botschaften von Erzengel Michael aus dem Internet herunter und druckte sie aus. Das waren von einem Medium angeblich gechannelte, also in Trance empfangene Eingebungen. Irgendwo auf der Hompepage konnte man sich dann noch für 25 Euro einen Energieausgleich machen lassen. Das Medium hatte offensichtlich noch nicht mitbekommen, dass der Ablasshandel von Pius V. im 16. Jahrhundert unter Androhung der Exkommunikation abgeschafft worden war. Ich habe die erste Botschaft, die sie mir zeigte, nur überflogen, weil ich sie schon nach einer Seite für blanken Unsinn hielt. Der Erzengel ergoss sich darin über unsere Feinstofflichkeit, dass sich die menschliche DNS verändere, was zu einer Neuausrichtung der Persönlichkeit führe und bla, bla, bla… Pia sammelte die Ausgaben jedoch in einem Ordner und freute sich jedes Mal, wenn eine Neue erschien.

Meine sporadischen Visionen faszinierten sie, vermutlich beneidete sie mich sogar darum.

„Was hast du denn gesehen?" Sie war nicht die geringste Spur misstrauisch. Bislang hatte ich sie in unserer Beziehung, mit Ausnahme der Geschichte mit dem Medium, noch nie angelogen. Da schleicht sich anscheinend so ein Gewöhnungseffekt an die Wahrheit ein. Mir war diese zweite Lüge in 15 Jahren erstaunlich leicht über die Lippen gekommen. Sollte sie auch, schließlich würde es von nun an häufiger passieren. Vielleicht hatte ich so wenig Skrupel, weil ich wusste, dass sie von ihrem Guru ebenfalls fortlaufend belogen wurde.

„Nur ein paar Bilder, scheinbar ohne Zusammenhang. Vielleicht fällt dir was dazu ein? Als erstes bin ich mit dem Auto durch ein Tal gefahren. Nicht weit entfernt waren große Berge. Dann ging ich durch ein Dorf und hörte aus einem offenen Fenster die Stimme einer weinenden Frau. Sie flehte irgendwen um Hilfe an. Sehen konnte ich sie nicht, aber ich habe gefühlt, dass du es bist. Plötzlich erschien El Morya am Fenster und erinnerte mich an meine Aufgabe."

Sie dachte einen Moment nach, bevor sie antwortete: „Weißt du, Conny, diese Vision war ein großes Geschenk von oben. Du kommst jetzt an den Punkt, an dem du deiner Evolution nicht mehr davonlaufen kannst. Gernot hat mir schon vor einiger Zeit gesagt, dass er dich aus einem früheren Leben kennt und dass es für deine Seele jetzt höchste Zeit wird, sich auf den Weg ins Licht zu begeben. Unsere Gruppe braucht Menschen wie dich, die deine Kraft und deine Fähigkeiten haben. Ich bin mir sicher, wenn du deine Hellsichtigkeit schulst, kannst du vielen Menschen helfen. Ich würde jetzt gern eine Meditation mit dir machen, vielleicht sehen wir dann ja noch mehr dazu."

Ich willigte gerne ein, weil mich schon länger brennend interessierte, wie diese geführten Meditationen abliefen, die Pias Freundinnen hier neuerdings so super fanden. Sie zündete ein paar der umherstehenden Teelichter an und wählte aus dem Stapel der CDs eine aus, die sie in den geöffneten Schlitten der Anlage legte. Als er sich langsam schloss, wurde mir doch ziemlich mulmig. Ich hatte mir diesen Schritt gut überlegt. Bis hier hin war ich der Letzte, der sich Pias neuem Kosmos widersetzte und sie so an die Realität band. Wenn ich jetzt umschwenkte, würde es hier zu Hause zwar entspannter zugehen; die Gefahr, dass sie dann aber ganz überdrehte, stieg enorm an. Auf der anderen Seite dachte ich – viel schlimmer konnte es nicht mehr werden.

Wir knieten uns auf zwei Kissen. Die Musik ertönte leise und Pia begann:

„Wir atmen langsam und tief ein und aus. Einatmen… ausatmen… einatmen ... ausatmen ... . Wir begeben uns in die Kristallpyramide und legen uns dort auf den Kristalltisch. An der Decke hängt ein Kristall, der uns zuerst mit der kupfernen Energie bestrahlt. Nach einiger Zeit wechselt er sein Licht und nacheinander regnen die silberne, die goldene, die diamantene und zum Schluss die Sternenenergie auf uns herab und hüllen uns in ein göttliches Licht aus Liebe und

Energie. Das violette Feuer der Transformation kommt und reinigt uns. Wir stehen auf und treten aus der Pyramide heraus. Ein kleines Stück weiter steht die Lichtstadt, die von Gottvatermutter regiert wird. Wir gehen auf die geöffneten Tore zu und treten ein. Engel begleiten uns auf dem Weg in den großen Versammlungssaal. Dort angekommen setzen wir uns und warten mit den anderen Ratsuchenden auf Gottvatermutter. Nachdem er eingetroffen ist, hört er sich die Fragen eines jeden an. Du kannst ihm jetzt auch deine Frage stellen. Blicke ihn einfach an. Er versteht dich ohne Worte und wird dir die Antwort in deinen Gedanken geben."

Sie lässt einige Zeit verstreichen, dann höre ich ihre Stimme wieder:

„Danke für deinen Rat, Gottvatermutter. … Wir stehen auf und verlassen den Versammlungsraum. Die Engel begleiten uns zum Stadttor und wir kehren zurück. … Wir atmen langsam und tief ein und aus. Ein… und … aus. Ein ... und … aus. Ein... und … aus."

Mit den Atemübungen und Redepausen hatte das etwa zwanzig Minuten gedauert. Ich komme normalerweise ganz gut in den Alpha-Zustand und erschrak deshalb fast, als meine Blume unvermittelt fragte: „Und, wie war es, hast du eine Antwort bekommen?"

Noch ein bisschen benommen murmelte ich: „Ja, sehr schön, ich glaube, ich weiß jetzt, dass ihr mich wirklich braucht."

Und das war noch nicht einmal gelogen. Mir war klar geworden, dass diese geführten Meditationen Pias Veränderung bewirkt hatten. Tag für Tag manipulierte sie sich selbst nach dem gleichen Muster, wie es Gernot auf den Seminaren vormachte. Sie hatte sogar eine CD mit einer Meditation, die er besprochen hatte. Als ich sie einmal fragte, warum sie soviel meditiere, erklärte sie mir, dass Gernot ihr gesagt habe, dass das wie bei einem Sportler sei – je mehr er trainiert, desto schneller erreicht er sein Ziel. Selbstverständlich wollte sie eine gute Schülerin sein und es liegt in der Natur des Menschen, dass er glauben will. Vom ersten Tag an hatte sie Gernot geglaubt und vertraut. Alles, was danach kam, hatte sie nicht mehr in Frage gestellt. Wie willst du Gott auch in Frage stellen? Gott hat immer recht. Mit dem brauchst du nicht zu diskutieren. Wenn du mit seinen Antworten nicht klar kommst, musst du den Fehler immer bei dir suchen. Nach dem Motto: Wenn du nicht Teil der Lösung bist, bist du ein Teil des Problems.

Schweigend drückte sie sich an mich, kratzte ganz zart mit ihren Nägeln über meinen Rücken, und als unsere Zungen sich berührten, war sie wieder ganz die Pia, die ich immer schon kannte. Wir hatten ein paar Wochen keinen Sex mehr gehabt und es schien, als müsste das aufgeholt werden. Irgendwie hatten wir auch beide was zu feiern. Sie war glücklich, dass ich Freitagabend mit zum Schnupperseminar kam, und ich, dass sie mir meine Wandlung abgekauft hatte. Die Amplituden meiner emotionalen Ups und Downs bekamen eine immer kürzere Periodendauer.

Kapitel 3
Gernot

Freitag, 15.12.2006

In der letzten Nacht hatte ich schlecht geschlafen. Das war dieser Tage aber nichts Ungewöhnliches. Mein Kopf spielte alle möglichen Szenarien durch und ich überlegte, wie ich darauf jeweils reagieren könnte. Außerdem merkte ich, wie ich mich veränderte, und das gefiel mir überhaupt nicht. Ich log so regelmäßig, dass ich erwog, mir im Computer dafür extra eine Datei anzulegen, damit ich den ganzen Müll auch nicht vergaß. Noch etwas beschäftigte mich. Ich hatte immer gehofft, in meinem Leben nochmal ein richtiges Abenteuer zu bestehen, bevor ich langsam auf die Rente zuschipperte. So wie im Film. Der Held wird erstmal in seinem behüteten Leben gezeigt, nicht ahnend, dass sich bereits dunkle Wolken über ihm zusammenbrauten. Und dann rutscht er langsam immer tiefer in den Schlamassel, bevor er am Ende die Welt rettet. Im Kinosessel fühlt es sich spannend an, wenn man mitfiebert.

Im wirklichen Leben ist das aber ein Scheißgefühl. Du bestehst nur noch aus Emotionen, die du kontrollieren musst. Es passiert ja nicht dauernd etwas, das eine Reaktion erfordert. Die meiste Zeit bist du damit beschäftigt, dich einzukriegen. Du hast keinen Hunger, schläfst mies und schwitzt die ganze Zeit. Dein Körper brennt, und wegen des Schweißes muss man alle drei Stunden das T-Shirt wechseln.

Dabei wollte ich noch nicht einmal die Welt, sondern nur meine Familie retten.

Wie das bei der Gruppe so üblich war, hatte Pia einige Leute zum Übernachten bei uns eingeladen. Immer jene, die gerade in der Nähe des Seminarortes wohnten, beherbergten die, die von weiter her anreisten. So fanden sich im Lauf des Tages Beate aus Traunstein, Karsten aus Berlin und Pias Zwillingsschwester Carola aus Ulm zusammen mit ihrem Bruder Peter bei uns ein. Pia hatte Carola über meine Wandlung schon ausführlich informiert und sie freute sich sehr, dass ich jetzt auch dabei war. Peter und ich hielten Abstand voneinander. Es hatte den Anschein, als wäre nach dem Telefonat eine Mauer zwischen uns entstanden. Irgendetwas war kaputt gegangen, oder aber er traute mir nicht. Peter ist ähnlich empathisch wie ich und spürte möglicherweise, dass ich allen nur etwas vorspielte.

So gegen 17.00 Uhr trafen Pias Freundinnen aus der Meditationsgruppe ein. Wir verteilten uns auf zwei Autos. Pia war schon vorgefahren. Als sie mich telefonisch bei Gernot für den Kennenlernabend anmeldete, hatte er ihr bei der Gelegenheit gleich noch eine Einzelsitzung nahegelegt.

Langsam bekam ich mit, wie der Kerl sein Geld verdiente. Eine Einzelsitzung dauerte etwa 20 Minuten und kostete 90 Euro. Er hielt jeweils zwei oder drei vor jedem Seminar ab. Nach Seminarende dann nochmal zwei. Das ganze mal drei Tage plus die 170 Euro Seminargebühr von 25-30 Teilnehmern macht roundabout 5000 bis 6000 Euro an einem Wochenende. Da die meisten bar vor Ort bezahlten und sich kaum jemand eine Quittung für Hügenspügen ausstellen ließ, dürfte der Großteil wohl am Finanzamt vorbeifließen. Für die Seminarräume traten keine Kosten auf, weil diese ihm von den Mitgliedern seiner Sekte zur Verfügung gestellt wurden. Sie fühlten sich geehrt, wenn der Meister zu ihnen kam. Die vier oder fünf ganzwöchigen Seminare in Traunstein kosteten fast 400 Euro. Und dafür, dass ihn seine Schäfchen zwischen den Seminaren noch regelmäßig für telefonische Einzelsitzungen anriefen, sorgte er beizeiten. Marion, eine von Pias Freundinnen, erzählte mir, dass es jemand, nachdem die Seminare inzwischen alle drei oder vier Wochen irgendwo anders in Deutschland veranstaltet wurden, gewagt hatte, gegen die Kosten aufzumucken. Der „Ausgleich“, wie Gernot seine Gebühren nannte, müsse zwischen den Teilnehmern und ihm stattfinden, damit kein Ungleichgewicht entstehe. Und ob sie es sich denn nicht selbst wert seien. Er zeige ihnen einen besseren Weg zu leben und führe sie am Ende dieses Wegs schließlich ins Licht. Jeder solle sich selbst überlegen, wofür er in seinem Leben Geld ausgibt und was das im Vergleich dazu bedeute. Ohne dem Ganzen den richtigen Stellenwert zu geben, wäre es nutzlos. Und deshalb musste ein Ausgleich sein. Wer ein Problem damit hätte, sollte das bei sich selbst und seiner Einstellung zu Geld suchen, und nicht in der Höhe des Ausgleichs.

- Wenn Jesus so gedacht hätte, wäre Lazarus in seinem Loch vergammelt.

Die 90 Kilometer nach Köln reichten aus, um wieder ein Hemd durchzuschwitzen. Ich war nervös und fuhr ziemlich unkonzentriert. Doch anscheinend bekam es niemand mit. Im Gegenteil, meinen Mitfahrern ging es ähnlich. Aus ihren Gesprächen hörte ich heraus, dass sie selbst mit einer Mischung aus Aufregung und Angst kämpften. Angst hatten sie vor allem davor, was Gernot diesmal bei ihnen auslösen oder aus ihnen herausholen würde. Was sie blockierte und daran hinderte, auf dem Weg ins Licht einen Schritt weiter zu kommen. Und was sie von ihrem Seelenleben vor allen anderen ausbreiten sollten. Ich empfand Mitleid für sie, das mich in meiner Absicht bestärkte, Gernot das Handwerk zu legen.

Nachdem ich in der schmalen Gasse endlich eine Parklücke gefunden hatte, mussten wir noch ein paar Meter zurücklaufen, bevor wir das Mehrfamilienhaus im Stadtteil Ostheim erreichten. Die Tür war nur angelehnt und wir stiegen die drei Stockwerke hoch bis zum Dachgeschoss, in dem sonst Yoga-Sitzungen stattfanden. In der Mitte des hell und freundlich eingerichteten Vorraumes stand ein vegetarisches Buffet, und aus dem Grüppchen, das sich darum versammelt hatte, kam mir meine Blume lachend entgegen. Die Einzelsitzung hatte ihre Akkus wieder voll aufgeladen. Es schien, als strahlte sie ein eigenes Licht über die Menschen im Raum, und jeder in ihrer Umgebung, der davon erfasst wurde, begann zu glänzen und zu schimmern. Sie war unbestritten der Mittelpunkt der Szene.

„Und Schatz, bist du bereit?“ Gefühlsmäßig musste das Lächeln, das ich in mein Gesicht pflanzte, wie eine verzerrte Fratze ausgesehen haben. Ich hatte Mühe, alle Muskeln so zu koordinieren, wie ich gern wollte.

„Ich bin bereits geboren!“, versuchte ich es mit einem Scherz und anhaltendem schiefen Grinsen. „Wie geht das jetzt hier weiter?“

„Gernot macht gerade noch eine Sitzung mit Karin. Anschließend geht's los. Komm, iss doch ein paar von den Canapés!“

Obwohl mir ziemlich übel war, ging ich zum Buffet und griff zu. Karin war eine ganz alte Freundin von mir. Sie hatte einen meiner Schulfreunde geheiratet. Ich war damals sein Trauzeuge. Die Ehe hatte aber nicht lange gehalten und ich beschloss danach, keinen Trauzeugen mehr zu geben. Zweimal – und beide Paare waren innerhalb von drei Jahren geschieden worden. Dann und wann bin ich abergläubisch.

Karin war inzwischen wieder verheiratet, hatte einen Sohn und einen 50%-Job als Stewardess bei der Lufthansa. Sie wohnte in Aachen und machte manchmal einen Zwischenstopp bei uns im Westerwald, wenn sie vom Frankfurter Flughafen zurück nach Hause fuhr. Bei einer dieser Gelegenheiten hatte sie vor ein paar Monaten mit Pia meditiert und es so beeindruckend empfunden, dass sie jetzt auch dabei war. Was war eigentlich mit den ganzen Ehemännern und Lebensgefährten der hier anwesenden Frauen los? Merkten die denn alle nicht, was mit ihren Partnerinnen gerade abging?, schoss es mir durch den Kopf. Aber ich lebte ja selbst fast ein Jahr in dem Glauben, das wäre alles völlig harmlos und meine Ehe sei stabiler denn je.

Als ich am zweiten Tofuschnittchen kaute, erschien Gernot. Ein mittelgroßer, etwa sechzig Jahre alter Mann von kräftiger Statur, der einen stattlichen Bierbauch vor sich herschob. Von Pia wusste ich, dass Gernot gern mal ein Weizenbier trank und auch dem Fleischverzehr nicht abgeneigt war. Nach ihrem Bekunden hatte er ihr eine glaubhafte Begründung geben können, warum ihm – im Gegensatz zu seinen Jüngern – Alkohol und Fleisch nicht mehr schaden konnten.

Der Meister nahm sich Zeit, als er von einem zum anderen ging, um ihn langatmig und liebevoll willkommen zu heißen. Weil ich, bis ich endlich an der Reihe war, nichts mit mir anzufangen wusste, schob ich weiter Käseschnittchen in mich rein. Pia begrüßte inzwischen Karsten auf die hier übliche Art. Man umarmt und drückt sich minutenlang schweigend. So ähnlich mussten 1955 die deutschen Frauen ihre Männer gedrückt haben, als sie nach zehnjähriger Kriegsgefangenschaft aus Russland heimkehrten. Bisher hatte es mir nichts ausgemacht, mich auch von guten Kumpels mal mit einer Umarmung zu verabschieden, aber seit diesem Tag im Kölner Yogazentrum geht mir das entschieden auf den Zeiger.

Es dauerte fast eine dreiviertel Stunde, bis sich alle Anwesenden entsprechend begrüßt hatten. Irgendwann im allgemeinen Verbrüdern stand Gernot plötzlich vor mir.

„Ah, der Mann von Pia. Wir haben schon lange auf dich gewartet. Sei willkommen!“

Der Umarmung entging ich nur, weil ich ein halbes Brötchen, auf dem sich Schafskäse türmte, standhaft zwischen uns hielt.

Da schob sich Beate durch die Menge auf mich zu.

„Du hast noch nicht bezahlt. Jeder muss vor Beginn zahlen.“ Beate wohnte in Traunstein als Mieterin in Gernots Haus. Hier trat sie wie sein persönlicher Steuereintreiber auf. Das passte irgendwie gar nicht ins Bild der sich umarmenden Leute.

„Du, Beate, ich bin heute Abend nur mal zum Gucken da. Ich weiß noch nicht, ob ich dann regelmäßig komme“, antwortete ich ihr.

„Dann kostet es dich nur 25 Euro. Das Essen ist im Preis mit drin!“

Ich gab Gernots Kalfaktor das Geld. Nach und nach zogen sich die Besucher die Schuhe aus und gingen hinüber in den angrenzenden Saal. Der Boden war mit grauen Teppichfliesen ausgelegt und etwa fünfundzwanzig Stühle standen im Kreis. Dazwischen lagen einige Kissen für die Hardcoreteilnehmer, die noch über gesunde Kniegelenke verfügten und direkt auf dem Boden meditieren wollten. In einer Ecke war ein Stapel mit Decken, die man sich um die Beine schlagen konnte. Mittendrin stand ein runder Tisch, dekoriert von einem großen Salzkristall.

Ich setzte mich neben Karin und wir quatschten eine Weile über dies und das. Es ist ein seltsames Gefühl, wenn du weißt, dass deine ehemaligen Vertrauten alle kurz davor stehen, ein Fall für den Psychiater zu werden und du es ihnen nicht sagen kannst.

Pia nahm mir gegenüber zwischen Peter und Karsten auf einem Kissen Platz. Seit der kurzen Begrüßung bei unserer Ankunft war ich Luft für sie geworden. Ich spürte keine Verbindung mehr zu ihr und sie sah mich wie jeden x-beliebigen Anderen in diesem Raum an. War sie schon in ihre Rolle gefallen? Dass sie für Jeden gleichermaßen da war, ohne zu differenzieren? So lange wie Karsten hatte sie mich jedenfalls nicht gedrückt. Während ich noch grübelte, schloss Gernot die Tür hinter sich und betrat den Kreis. Er wartete kurz, bis er sich der Aufmerksamkeit aller gewiss war, und begann dann, noch einmal jeden mit ein paar persönlichen Worten zu begrüßen. Als er mit allen durch war, fing er an, über Moral zu referieren. Wie überholt heutige Moralbegriffe doch wären und dass sie nur dazu dienten, uns unfrei und systemkonform zu machen. Wir müssten das begreifen und anfangen, uns davon zu lösen, sie fallen lassen, um wirklich frei zu sein. Es war sehr gut herauszuhören, was er wirklich damit meinte, ohne es tatsächlich auszusprechen. Ich fragte mich, ob dieser Teil seiner Rede wegen Pias vorangegangener Einzelsitzung an mich adressiert war, als er unvermittelt vor Beate stehen blieb.

„Beate, was hast du heute in deiner Meditation gefühlt?“

Ich schätzte das infantile Dummchen auf vielleicht 25 Jahre. Ob ihrer plötzlichen Wichtigkeit strahlte sie übers ganze Gesicht.

„Neue göttliche Kristallenergien, Gernot!"

Natürlich hatte er ihre Antwort schon gekannt.

„Und das ist erst der Anfang! Ab dem 19.12. werden sieben Tage lang gewaltige göttliche Energien auf die Erde einwirken. Ihr müsst diese Energien in euren Meditationen nutzen. Sie können den Weg ins Licht für alle deutlich beschleunigen. Sie werden vom 19. an drei Tage lang anschwellen und ihren Höhepunkt am 22. erreichen. In den folgenden drei Tagen klingen sie wieder ab. Weiß jemand, was der 22.12., der stärkste Tag der Energien, für ein Tag ist?"

Wieder meldete sich das Dummchen mit verklärtem Blick: „Dein Geburtstag, Gernot!"

„Ja genau", rief er da. „Mein Geburtstag! Ich habe mich dieser Welt geschenkt, um euch ins Licht zu führen. Ich habe die direkte Anbindung nach oben und bekomme meine Anweisungen von Gottvatermutter!"

Er quasselte endlos weiter von Energien und Botschaften, die ihm von Engeln zugetragen wurden. Ich fühlte mich von Spinnern umzingelt und merkte, dass ich das nicht mehr lange aushalten würde. Mein Blick ging in die Runde. Alle hatten die Augen geschlossen und saugten die Worte in sich auf. Hier saßen ein Lehrer, eine Zahnärztin und noch ein paar Akademiker. Es ist mir bis zum heutigen Tag ein Rätsel, dass niemand den geringsten Zweifel an dem Unsinn erhob, den der Dicke da verzapfte.

Nach einer halben Stunde war meine Leidensfähigkeit erschöpft. Ich versuchte einen Abgang, der mich nicht als Ungläubigen outete, aber irgendwie war er trotzdem erbärmlich. Ich täuschte einen Zusammenbruch vor, heulte ohnmächtig vor Verzweiflung, entschuldigte mich, dass ich mich noch nicht stark genug für die von mir erwartete Aufgabe fühle, und verließ schluchzend den Saal. Gernot folgte mir nach draußen und bot mir noch eine Einzelsitzung an. Ich lehnte dankend ab, band mir meine Schuhe zu und verließ das Yogazentrum.

Eine Zeit lang kurvte ich ziellos durch Köln und dachte über Gott nach.

Ich bin kein gläubiger Mensch. Nicht im Sinne der Kirche. Das verbietet mir die Logik. Wenn Gott bereits vor 2000 Jahren der Meinung war, er müsse mit seinem Sohn hier eingreifen und etwas zum Besseren bewegen, würde ich aus heutiger Sicht sagen, dass das ziemlich schief gegangen ist. Da hätte es danach durchaus Möglichkeiten gegeben, wo er nochmal was hätte feinjustieren können, damit der Laden läuft. Der Lauf der Geschichte zeigt deutlich, dass es ihn nicht im geringsten interessiert. Nur 1 bis 2% von den gut 8 Milliarden Menschen auf der Erde haben ein Dach über dem Kopf und weiß, was sie morgen Mittag essen werden. Der Rest schlägt sich in dem Glauben durch, noch mehr Menschen sind die Lösung. Und dann verhungern täglich 25000 Kinder, deren Erzeuger dachten, sie wären später mal ihre Rentenversicherung. Hat er uns vergessen? So wie ein schusseliger Wissenschaftler, der in einer Ecke seines Labors ein Petrischale abstellte, weil er ein paar Bakterien kultivieren wollte, die ihm dann unwichtig erschienen. Die Weltkugel in einem Reagenzglas – so kommt mir das manchmal vor.

Trotzdem glaube ich, dass es irgendetwas gibt, das höher ist als wir. Etwas, das seine ganz eigene Gesetzmäßigkeit hat. Etwas, dem Gut und Böse völlig egal ist. Weder Gott noch Teufel. Im weitesten Sinn Schöpfer und Beobachter ohne jegliche Ambitionen, sein Werk nachzubessern. Möglicherweise ist es ihm auch viel zu kompliziert, das menschliche Bewusstsein, evolutioniert über Millionen von Jahren und auf das Überleben des ihn Beherbergenden ausgerichtet, zu verändern. Vielleicht waren Buddha, Mohammed und Jesus solche gescheiterten Versuche der Bewusstseinsveränderung.

Irgendwann hielt ich an einer Tankstelle, kaufte einen Sixpack und zwei Schachteln Luckies. Ich konnte nicht dauernd Dietmars Kippen schnorren. Dann machte ich mich auf den Weg zu ihm. Wenn ich Glück hatte, war er noch nicht auf der Piste.

Natürlich hat er mir Vorhaltungen gemacht, als ich es ihm erzählt habe. „Wenn du schon bei so einem Scheiß mitmachst, dann halt doch wenigstens deine Schnauze. Was hast du erwartet? Dass du ihn in einem Rededuell mit Argumenten bügelst?"

„Nee", erwiderte ich kleinlaut, „ich wollte halt mal sehen, wie das so ist auf einem Seminar. Und Material sammeln, Widersprüche und so..."

„Hier, trink ein Bier und hör auf damit."

Eine Weile hörten wir Musik und schauten uns die Schlusskurse der Wallstreet auf Bloomberg an. Dann dachte ich, dass der Abend doch wenigstens einen Sinn gehabt haben sollte und rief die Auskunft wegen der Telefonnummer von Manfred an. Manfred ist der Ehemann von Pias Zwillingsschwester Carola. Er war in Ulm geblieben und passte dort auf die beiden Kinder auf. Genauso gutgläubig, wie ich es mal war.

„Hi Manfred, Conny hier!"

„Hey Conny, so spät noch – was gibt's denn?"

„Du, ich würde dich jetzt nicht mehr stören, wenn es nicht wirklich wichtig wäre. Unsere Frauen sind in einer Sekte gelandet und glauben, sie wären auf einem göttlichen Trip."

Ich erzählte im die ganze Story inklusive meiner Teilnahme am Seminar. Den unrühmlichen Schluss ließ ich allerdings weg.

„Das gibt's doch nicht, das kann ich kaum glauben. Die soll nach Hause kommen. Der dreh' ich den Hahn ab. Von mir kriegt die keinen müden Euro mehr." Manfred war richtig sauer.

„Da hast du es leichter, wäre schön, wenn ich das auch könnte. Pia verdient leider ihr eigenes Geld. So kriege ich sie nicht. Aber tu mir bitte einen Gefallen und lass' meinen Namen da raus. Sonst ist bei mir zu Hause Polen offen."

„Nee Conny, ist klar. Ich halt dich da raus. Wenn ich dir irgendwie, irgendwann helfen kann, sag's mir. Du hast was gut bei mir."

„Danke, Manfred!"

Bevor wir uns verabschiedeten, tauschten wir noch unsere E-mailadressen aus, damit wir in Kontakt bleiben konnten, ohne dass unsere Frauen was merkten.

„Ich wünsch' dir viel Kraft, Conny, mach's gut!"

Ich verabschiedete mich mit dem guten Gefühl, dass da endlich mal jemand gewesen war, dem man helfen konnte.

Dietmar und ich machten den Sixpack nieder, dann bot er mir sein Bett an. Nur wer sein Sofa kennt, kann ermessen, was das bedeutet. Während ich in meinem Albtraum einen kleinen, fetten Guru meine Blume ficken sah, rollte sich mein bester Freund auf der Couch zu seiner halben Körpergröße zusammen. Vielleicht war er deshalb unfähig aufzustehen, als um vier Uhr nachts sein Telefon klingelte. Also ging ich ran.

Es war Annette, die in der Wohnung über Dietmar wohnte, aber es hörte sich nach einer Handyverbindung an. Sie war mit dem Auto in Rodenkirchen liegen geblieben. Ich weckte Dietmar und wir machten uns auf den Weg. Besser als die Albträume war das allemal.

Kapitel 4
Die Vision

Den Samstag verbrachten wir bei Dietmar. Er plätscherte einfach so dahin und versandete im Aktuellen Sportstudio. Wir waren sogar zu faul, uns noch einen Sixpack zu holen und Annette war nicht da, um uns mit einer Flasche Wein auszuhelfen. Ich verspürte auch nicht die geringste Lust nach Hause zu fahren. Wegen des Seminars und weil ich sonntags arbeiten musste, hatten wir die Kinder im Dorf bei Freunden untergebracht. Dass Pia sich nicht irgendwann auf meinem Handy meldete, kam mir seltsam vor. Ob ihr mein Abgang peinlich gewesen war? Und wie hatte ihn Gernot vor den anderen interpretiert? Mit seiner Anbindung zu Gottvatermutter würde er sicherlich eine passende Erklärung gefunden haben. Nur – wie sah die aus?

Sonntag, 17.12.2006

Ich brauchte dringend ein paar frische Klamotten. Meine Kamera und die Unterlagen für den Auftrag in Frankfurt musste ich auch noch holen. Also verließ ich Dietmar ziemlich früh am Morgen.

Die ganze Combo saß gerade beim Frühstück, als ich ankam. Auf der Fahrt hatte sich einiges in meinem Kopf relativiert. Klar, der Freitagabend war für mich blamabel verlaufen, und ich bereute, dass mir nichts Besseres eingefallen war. Bloß - wer hatte denn hier nicht mehr alle Latten am

Zaun? Nur weil ich neuerdings in der Mehrheit auf Leute traf, die allesamt glaubten, Inkarnationen von irgendwelchen Bibelgestalten zu sein, bestand, objektiv betrachtet, kein Grund, in Sack und Asche zu gehen. Wenn die irgendwann mal aufwachten, hätten sie bedeutend mehr Grund zur Reue.

„Morgen zusammen!"

„Morgen!", kam es zögerlich zurück. Besonders fröhlich schien die Runde dem Weg ins Licht nicht entgegen zu streben.

„Was hast du dir gedacht, als du uns alle da hast sitzen lassen? Nach deinem Ausbruch hättest du uns wenigstens abholen können. Wir sind zu sechst in Peters Wagen gefahren, weil wir Robert und Anita noch ein Stück mitnehmen mussten", blaffte mich Pia an.

Na, wenn das ihre einzigen Sorgen waren. Es fiel mir leicht, mich zu entschuldigen.

„Tut mir leid, mir ging's nicht gut, wie du vielleicht bemerkt hast!", entgegnete ich ihr.

„Wo bist du gestern überhaupt gewesen?"

„Ich war bei Dietmar in Köln. Du, ich hab' jetzt nicht viel Zeit, ich muss nach Frankfurt. Ich dusch' noch schnell, dann bin ich weg", sagte ich einigermaßen froh darüber, glimpflich aus der Nummer rausgekommen zu sein. Der Rest der Runde musterte mich mit Blicken, die ich als eine Mischung aus Mitleid und Skepsis bezeichnet hätte.

„Ich wünsch' euch was, viel Erfolg heute!" Damit drehte ich mich um und ging ins Bad.

Wenn es dir mies geht, kann dein Autoradio zum Terroristen werden. Während ich nach Frankfurt fuhr, spielte mein Leib- und Magensender Pias aktuelle Hymne „Auch im Regen" von Rosenstolz. Unwillkürlich musste ich mitsummen:

„...siehst du mich. Wenn dein Boot untergeht
und du gar nichts mehr verstehst ...
Ist da draußen kein Licht? Wolken nehm'n dir die Sicht.
Auch im Regen, selbst im Regen find' ich dich..." [3]

Sie bezog die Texte ihrer neuen Lieblingsband grundsätzlich auf sich und kannte sie mittlerweile so gut, dass sie sie mitsingen konnte. Die AnNa R. hat den Durchblick, war Pia der festen Überzeugung. Würde sie nicht wundern, wenn die auch schon so eine Entwicklung wie sie durchgemacht hätte. Einen gewissen esoterischen Touch konnte man Rosenstolz mit Phantasie unterstellen, aber ob die beiden sich auch einen Wolf meditierten? Jedenfalls gingen mir ihre Songs mittlerweile auf den Keks und ich suchte einen neuen Sender.

Autofahren ist für die meisten Menschen so etwas wie Arbeiten. Wenn ich nicht gerade im Stau stehe, genieße ich jedoch die Zeit am Steuer. Über die Autobahn rollen, den Gedanken nachhängen, sie vor allem zu Ende denken können, finde ich ausgesprochen erholsam. Wann hat man sonst noch Zeit, Dinge ausführlich von allen Seiten zu beleuchten. Auf der Fahrt an diesem Tag überlegte ich mir vor allem Antworten auf noch nicht gestellte Fragen.

[3] Aus „Auch im Regen" von Rosenstolz, © 2006 Universal Music GmbH

Und die ließen an diesem Abend nicht lange auf sich warten.

„Was war los mit dir?“, fragte mich Pia, nachdem wir die Kinder im Bett hatten.

„Ach, ich bin da plötzlich in so einen Film reingekommen. Keine Ahnung, was da genau abgelaufen ist, während Gernot gesprochen hat. Vermutlich hat es mich überfordert“, antwortete ich.

„Wieso denn überfordert?“ Sie blickte mich fragend an.

„Du kennst mich ja, ich denke die Dinge gern weiter. Wenn ich oder wir unser Leben komplett nach Gernots Lehren ausrichten, wird das dramatische Veränderungen bringen. Ich weiß nicht, ob ich dafür bereit bin“, fuhr ich fort.

„Typisch Conny, du willst immer gleich mehrere Schritte auf einmal machen. Das hat bei mir Monate gedauert, bis ich soweit war, und du verzweifelst, weil du es nicht nach einer Stunde schaffst. Das Erste, was sich meldet und rebelliert, ist immer das eigene Ego. Das ist völlig normal.“

Ego? Na ja, ich hatte nur *ein* Ego erlebt und das war das von Gernot. Übermächtig und ausufernd, in dem Wissen, diesen Haufen von Fehlgeleiteten unter Kontrolle zu haben.

„Pia, ich hab’ einfach Angst, dass, wenn ich es genauso lebe wie du, hier alles zusammenbricht. Wie soll das denn weitergehen? Ich kann nicht zwei- bis dreimal am Tag meditieren und dauernd zu einem Seminar fahren. Du weißt selbst, wieviel ich schon wegen meines Jobs und mit Mick unterwegs bin. Und weniger arbeiten, das geht nicht. Dann rufen die demnächst jemand anderen an, um ihnen die Fotos zu machen oder die Plakatstellen zu bewerten. Das sind alles Terminsachen. So wie heute. Das kann ich nicht nach den Seminarwochenenden planen. Und wer versorgt uns die Kinder, wenn wir beide weg sind? Wir können sie nicht alle drei Wochen bei Fischers parken."

„Schatz, die Kinder können wir mitnehmen. Sie sind alt genug, dass wir sie mit diesem neuen Weg vertraut machen sollten. Der Peter nimmt seine jetzt im Januar für eine Woche mit nach Traunstein. Und die sind viel jünger als unsere. Außerdem – wenn du erstmal soweit bist wie ich, dann brauchst du nicht mehr zu jedem Seminar zu fahren. Ich werde das demnächst auch zurückschrauben. Ich hatte meine Befreiung von den beherrschenden Zwängen ja schon im Oktober und fahre bald nur noch zu Seminaren, um den anderen ein bisschen zu helfen, schneller weiter zu kommen. Gernot meinte gestern auch, dass ich schon bald durch bin."

Weniger Seminare? Die Botschaft hör' ich wohl, allein mir fehlt der Glaube. Mädchen, so funktionieren Sekten nicht! Es wird immer einen Grund geben, damit du da weiter hinfährst. Und die Kinder auch noch auf dem Weg ins Licht? Ich musste das irgendwie abbiegen und so antwortete ich ihr, alles offen lassend:

„Ich bin mir noch nicht sicher, ob mein weiterer Weg über Gernot führt oder ob mich ein anderer zum gleichen Ziel bringt. Du weißt, dass ich eine hellseherische Veranlagung habe und das intensivieren soll. Ich denke, ich werde erstmal versuchen, über eigene Meditationen weiterzukommen. Außerdem – wenn du bald durch bist, kann ich ja auch mit dir arbeiten."

So richtig war sie mit meiner Antwort nicht zufrieden.

„Conny, ich kann dir möglicherweise helfen, aber Gernots Wissen und seine Anbindung nach oben habe ich noch nicht. Ich bekomme bisher nur manchmal Antworten von Gottvatermutter, wenn ich nachfrage. Gernot ist in ständiger Verbindung mit der Göttlichkeit und deshalb nie im Zweifel. Aber wenn du meinst – jeder muss seinen eigenen Weg finden."

Dass es so gut laufen würde, hatte ich nicht erwartet. Und das Sahnehäubchen setzte sie gleich oben drauf:

„Wie wär's, gehen wir heute mal früher ins Bett? Dann kann ich dich länger spüren!"

Sex war anscheinend das einzige, bei dem wir noch auf der gleichen Wellenlänge funkten. Es gab Phasen in unserer Ehe, da hatte ich wirklich keine Lust, mit ihr zu schlafen. Der erste Knick kam damals mit den Schwangerschaften. Ich war nie der Meinung, dass Beischlaf eine eheliche Pflicht ist, und ich finde einen dicken Bauch beileibe nicht erotisch. Das hat sie mir dann auch lange übel genommen. Erst als ich mich kurz nach Tims Geburt sterilisieren ließ, ging das quasi als Entschuldigung und Wiedergutmachung durch. Trotzdem gab es Wochen, in denen nichts lief. Und das lag nicht an Pia. Obwohl ich das nie getan habe, könnte ich die Sexualität von der Liebe zu einer Frau ganz abkoppeln. Ich sehe sie eher wie das Musizieren auf einem Instrument. Meistens spielt man Lieder, die man kennt und mag, aber manchmal wird man auch zum Komponisten, kreiert neue Stücke, improvisiert, experimentiert. Doch es gibt Tage, an denen ich nicht spielen will und Tage, an denen die Muse mich nicht küsst. Nur mit ihr schlafen, damit wir es mal wieder gemacht haben, weil man das so macht, ist nicht mein Ding.

Seit letzter Woche hatten wir jedenfalls wieder eine kreative Phase. Offensichtlich veränderte Pias geistige Metamorphose den Klang unserer Sinfonien und sorgte für ganz neue Kicks.

Völlig verschwitzt schliefen wir dann eng umschlungen ein. Die intensive Vereinigung mit ihr und mein aufgewühlter Seelenzustand mussten wohl der Nährboden für das gewesen sein, was ich in dieser Nacht sah. Eine Vision, wie ich sie in solcher Deutlichkeit in meinem Leben vorher noch nie hatte. Nichts, was erst aufgedröselt oder gedeutet werden müsste. Menschen, die nur an wissenschaftlich belegbare Fakten glauben, werden das Folgende jetzt ungern hören:

Ich war nicht im Tiefschlaf, als es passierte. Es fühlte sich eher an wie der Alphazustand, in dem man sich zwischen dem Schlaf- und Wachbewusstsein befindet, wobei man Geschehnisse um sich herum zwar registriert, aber nicht wertet, sondern nur aufnimmt. Ich hielt Pia immer noch in meinen Armen und sah, wie sich ihre Aura, ein mehrere Zentimeter breiter Bogen aus rotem, grünem und weißem Licht, mit meiner eigenen zu einer größeren Lichthülle vereinigte. Warm, angenehm und friedvoll umgab sie uns. Wir waren eindeutig nicht mehr zwei, sondern eine Person, als die Bilder wie kurze Videosequenzen erschienen:

Freunde, die sich von Pia abwenden. Pia, wie sie sich von ihren Kindern verabschiedet, Pia, wie sie wegzieht, wie sie Geld und ihr Haus verliert, Pia, wie sie unglücklich alleine in einer Wohnung steht, die ich nicht kannte, Pia, die noch einmal schwanger war (aber nicht von mir) und etwas, das offen blieb, das schrecklich und angsteinflößend war, aber keine visuelle Form annahm.

Trotz dieser beunruhigenden Bilder hielt das wohlige Gefühl an und entließ mich in einen traumlosen Schlaf. In der Meinung, sie hätte das ebenfalls sehen müssen oder zumindest irgendetwas bemerkt haben, fragte ich Pia dann nach dem Aufstehen:

„Ey Schatz, hast du heute Nacht etwas geträumt oder gespürt?"

„Nein, aber ich hab' sehr unruhig geschlafen und mein Laken durchgeschwitzt. Ich werd' es nachher gleich abziehen und waschen. Wieso meinst du?"

Ich überlegte kurz, ob ich es ihr sagen sollte. Natürlich würde sie es als meine manifestierten Ängste abtun. Nichts von dem, was ich letzthin an Argumenten gegen ihren Weg anführte, hatte sie wirklich überdacht. Sie hatte jedes Mal sofort zugemacht und ihre eigenen positiven Illusionen dagegengesetzt. Sie hätte schließlich in ihren Meditationen dieses und jenes gesehen und mit Gernot erläutert – alles wird superschön! Mittlerweile war sie so weit, dass sie ihren Guru nach jedem Traum anrief und ihn von ihm deuten ließ. Das war einer der Fäden, an denen sie wie eine Marionette hing. Aber auf meine Visionen gab sie etwas. Um zu vermeiden, dass sie deshalb gleich wieder bei Gernot anrief, nahm ich ihr erst das Versprechen ab, mit niemandem darüber zu reden und erzählte ihr dann, was ich gesehen hatte. Nur das mit der Schwangerschaft ließ ich weg, weil es mir zu abstrus erschien.

„Ich glaub' dir kein Wort, Conny! Ich weiß nicht, was das jetzt wieder soll. Ein neuer Versuch, mich abzubringen und umzustimmen? Das ist doch absoluter Quatsch. Du weißt genau, dass ich meine Kinder nie alleine lassen würde. Ich bin eine gute Mutter. Ich würde hier niemals wegziehen. Und wenn du es gesehen hast, sind es nur deine Ängste, nicht das, was wirklich geschieht!"

Den letzten Satz hatte ich erwartet und so versuchte ich, noch einmal mit ihr ins Gespräch zu kommen. Aber sie riss gereizt das Bettlaken von der Matratze und verschwand in Richtung Waschküche.

Da konnte ich also lügen, bis sich die Balken bogen; solange es systemkonform war, glaubte sie mir jedes Wort. Eine schmerzende Wahrheit dagegen wurde sofort zur Lüge deklariert. Dietmar hatte ganz recht. Die Wahrheit liegt im Auge des Betrachters. Was er als wahr haben möchte, nimmt der Mensch gern gläubig an. Alles andere bekämpft er mit Hingabe. So glasklar wie in diesem Moment hatte ich das noch nie gesehen.

Freitag, 22.12.2006

Pia war so vergrätzt, dass sie das Ehebett gar nicht mehr neu bezogen hat. Seit ein paar Tagen schlief sie wieder drüben im Altbau und kam nur zum Kochen herüber. Entsprechend wenig sprachen wir in diesen Tagen miteinander. Doch da Weihnachten unmittelbar bevorstand, ging ich an diesem Freitagabend zu ihr. Von mindestens fünfzehn Kerzen beleuchtet, saß sie auf dem Dielenboden unseres alten Wohnzimmers und blätterte in ein paar fotokopierten Seiten, in denen Gernot sich über den Jakobsweg ausgelassen hatte.

„Du, Pia, wir müssen mal bereden, wie das am 24. hier ablaufen soll und ob ich morgen früh noch was besorgen muss", versuchte ich es mit der sanftesten Stimme, zu der ich fähig war.

„Das war Gedankenübertragung! Vor zwei Minuten habe ich auch daran gedacht", kam es ebenso seidig von unten zurück. Dann blickte sie mich an. Allein für diesen Augenaufschlag hätte ich sofort über sie herfallen können. Ich bin mir bis heute sicher, dass ihr niemals bewusst war, was dieser Blick auslösen konnte. Wenn doch, war sie viel raffinierter, als sie je erkennen ließ.

„Ich kann ja zur Abwechslung einkaufen fahren. Ich würde morgen auch gern mal wieder kochen. Ich hab' an ein leckeres Thaicurry gedacht", antworte ich ihr.

„Gute Idee! Denk' daran, Vee wollte morgen schon zum Essen da sein. Sie bleibt bis zum ersten Feiertag."

Wir besprachen dann alles, was Eltern so vor dem großen Fest zu besprechen haben. Wo die Geschenke zur Zeit noch versteckt waren, dass wir sie in mein Büro bringen und dort einpacken wollten, wann die Bescherung sein sollte, dass sie bereits alles fürs Fondue besorgt hatte und wie sehr die Kinder sich schon darauf freuten. Wir redeten darüber, dass wir das spezielle Thema am besten jetzt erstmal ausließen, und irgendwie beschlich mich das Gefühl, dass keiner von uns beiden mochte, dass das Gespräch endete und wir uns für heute wieder trennten. Plötzlich ging uns der Stoff aus und wir starrten uns im Kerzenschein wortlos an. Von einer Sekunde zur anderen stellte sich das Gefühl von grenzenloser Liebe für sie ein. Dass ich sie mehr liebte als mich selbst, egal, was sich verändert hatte. Und weil mein Verstand mir sagte, dass wir kurz vor dem Aus standen, wollte ich den Augenblick festhalten und in meinem Herzen einen eigenen Raum geben, damit ich ihn besuchen konnte, wenn es bald anders war.

Nach einer Weile sagte ich zu ihr:

„Ich will noch einmal mit dir schlafen. So, als wenn keine Schatten über uns lägen. Für ein letztes Mal die Zeit und alles, was ist, vergessen. One for the good times."

Nach einem endlos langen tiefen Blick nickte sie kaum merklich und ihre Lippen sprachen flüsternd meine Worte nach: „One for the good times." Dann begann sie die Knöpfe ihrer Bluse zu öffnen.

Wir ließen uns Zeit, machten keine einzige hastige Bewegung, entdeckten eine neue Sinnlichkeit in der Langsamkeit, Lust im Geruch und Leidenschaft in Behutsamkeit. Von der ersten Berührung an erinnerte nichts an die vertraute Sexualität, die wir seit unserer allerersten Nacht entwickelt hatten. Magie hatte uns eingefangen und trug uns fort in eine andere Welt. Zu beschreiben, was an diesem Abend mit uns geschah, zeigt meinem bescheidenen Talent die Grenzen auf. Für solche Momente hatte Beethoven vermutlich einst die Zeilen des Dichterfürsten mit seinem Genie untermalt:

Freude, schöner Götterfunken, Tochter aus Elysium,
Wir betreten feuertrunken, Himmlische, dein Heiligtum.

Wir waren nicht mehr dort auf dieser Couch, in diesem Haus, in diesem Kaff. Klar, das hat jeder schon mal irgendwo gehört oder gelesen. Die typischen Übertreibungen, wenn von gutem Sex die Rede ist. Aber damit hatte das hier nicht das Geringste zu tun. Es war so anders, weil im finalen Augenblick das rein geschlechtliche in der Unbedeutsamkeit verblasste. Ich spürte nichts mehr von meinem Körper, weil ich ihn verlassen hatte. Es ähnelte den Beschreibungen von Menschen, die nach ihrem Ableben zurückgeholt wurden. Blumenübersäte Wiesen, tiefblaue Ozeane, kristallklare Luft und gleißendes Licht. Wir schwebten über oder in alldem. Für einen zeitlosen Moment hatten wir unsere körperliche Dualität verloren und waren tatsächlich eins geworden, miteinander verschmolzen. Das, was ich vor ein paar Tagen nachts schon einmal während der Vision erfahren hatte, zeigte sich jetzt in noch stärkerer, viel ausgeprägterer Form.

Ihre Empfindungen waren meine, meine ihre, unsere. Wir fühlten gemeinsam, absolut identisch und fanden uns irgendwann, weinend und schluchzend vor Glück, wieder auf unserer Couch ein.

Es dauerte eine geschätzte Viertelstunde, bis ich die ersten Worte sprechen konnte:

„Hast du es auch gefühlt? Wir waren eins!"

„Ja, ich hab' es auch gefühlt und gesehen – wir waren in der 5. Dimension."

- Wenn ich nicht gewusst hätte, was sie damit meinte, hätte ich ihr eventuell geglaubt.

Als ich Pia kennengelernt habe, war sie der Inbegriff einer selbstbewussten Frau, die mit beiden Beinen mitten im Leben stand. Sie hatte ihren Beruf in der berühmt berüchtigten psychiatrischen Klinik in München Haar erlernt. Ihr früherer Lebensgefährte und Verenas Vater zog wegen seines Medizinstudiums ins Ruhrgebiet und sie war mitgegangen. Nach der Trennung ist er nach Bayern zurückgekehrt, während Pia mit Vee im Pott geblieben ist. Sie kam mit der Mentalität der Ruhrgebietler wesentlich besser zurecht als mit der bayrischen. Noch nicht einmal eine süddeutsche Klangfärbung zeugte mittlerweile mehr von ihrer Herkunft. Weil sie wegen der teils schlimmen Erlebnisse in der Psychiatrie nicht in dieser Sparte weiterarbeiten wollte, hatte sie in die ambulante Pflege gewechselt. Und das war genau das, was ihr entsprach. Sie fuhr zu den Patienten, die sich immer auf ihre Besuche freuten, verrichtete ihre Dienste, unterhielt sich noch ein bisschen und machte sich auf zum nächsten. Bald kannte sie alle Lebensgeschichten ihrer Schützlinge.

Ich habe das selbst mehrfach erlebt, als ich Pia in meinen eigenen Freundeskreis einführte. Sie hat etwas an sich, dass man sich ihr sofort anvertraute. Ich war verblüfft, wenn sie mir nach dem ersten Treffen mit einem für sie fremden Menschen nachher über Probleme von ihm erzählte, von denen ich nichts wusste, obwohl ich schon jahrelang mit ihm befreundet war. Pia nahm aber nicht nur, sie gab genauso viel zurück. Sie war geradeheraus und ihr Selbstverständnis brauchte keine Heimlichkeiten. Ich habe nie einen offeneren und ehrlicheren Menschen als sie kennengelernt. Die Freiheit, keine Geheimnisse zu haben, hatte unsere Beziehung mühelos durch alle Untiefen der Ehe manövriert. Diese natürliche Ehrlichkeit war ihr aber vollkommen unbewusst. Ich glaube, sie setzte sie auch bei jedem anderen Menschen als gottgegeben voraus. Auch gelegentlich schlechte Erfahrungen hielten sie nicht von einer anderen Herangehensweise an fremde Menschen ab. Meine Güte, ich weiß nicht mehr, wie viele Zeitungsabos, Mitgliedschaften bei Hilfsorganisationen, Staubsaugerbestellungen usw. ich innerhalb der Rücktrittsfristen wieder kündigen musste.

Und nun erzählte sie mir etwas von der 5. Dimension. Trauer lag in ihrer Stimme. Gestern hatte sie mit Gernot telefoniert, weil sie in ihren Meditationen immer wieder in der „neuen Welt", wie sie auch hieß, gelandet war. Bei den ersten Seminaren hatte er ihr noch versprochen, dass die neue Welt bald kommen werde. Die Menschheit würde sich transformieren und eintreten in ein Leben von unvorstellbarer Herrlichtkeit in Liebe, Licht und Frieden.

Jetzt hatte sich der Zeitplan etwas verschoben. Nach Gernots neuester Aussage sollte es nun noch 25 Jahre bis zur Transformation dauern. Aber was sind schon 25 Jahre? Das kommt uns lange vor – für die Ewigkeit ist es nur ein Wimpernschlag. Hatte er versucht, ihr die Enttäuschung zu erleichtern?

Die Gründe ihres Meisters für diese Feststellung sind für jeden offensichtlich. Er verlagerte das Eintreffen seiner Thesen auf einen Zeitpunkt, an dem wahrscheinlich schon die Würmer an ihm nagten und er nicht mehr daran gemessen werden konnte. Bis dahin würde er weiter kräftig abkassieren.

In Hunderten von Meditationen hatte er es aber geschafft, ihr Realitätsbewusstsein gänzlich abzuschalten. Nicht, dass er bei allen dabei gewesen wäre. Es hatte völlig ausgereicht, sie bei den Seminaren und mit seiner CD anzuleiten. Den Rest hatte sie in ihrem Eifer selbst besorgt. Was hatte er ihr anfänglich erzählt und versprochen, dass ihr Gehirn den Weg aus diesem Irrgarten nicht rechtzeitig herausfand? Jetzt war sie ihm verfallen, hörig geworden und nährte seine Gier nach Macht, die ich vor kurzem deutlich spürte.

Selbst würde ich es nicht herausfinden können. Dass ich das nicht aushielt, hatte mir der Schnupperabend gezeigt. Ich musste mit jemandem sprechen, der ausgestiegen war.

Soweit ich wusste, gab es aber nur eine Schweizerin, die dabei erfolgreich gewesen war. Ich brauchte ihre Telefonnummer.

Kapitel 5
Weihnachtsferien

Sonntag, 24.12.2006

Trotz des unvergesslichen Abends zog es Pia vor, weiter in ihrem Meditationszimmer zu schlafen. Möglich, dass sie wieder mit Gernot telefoniert oder Einzelsitzung genommen hatte. Ich fasste den Entschluss, bei Gelegenheit die Verbindungsnachweise unserer Telefonrechnung genauer anzuschauen. Bisher hatte ich die immer ungeprüft in den Reißwolf geschoben.

Wir sprachen zwar miteinander und erledigten kleinere Dinge für den anderen, aber die Stimmung blieb unterkühlt. Für Mick und Tim war das keine glückliche Situation. Sie wollten sich auf Heiligabend freuen und so feiern, wie sie es gewohnt waren. Mick glaubte nicht mehr ans Christkind, aber er war fair genug, Tim seinen Spaß zu lassen. Richtige Weihnachtsstimmung wollte jedenfalls nicht aufkommen. Selbst Verena, die seit gestern da war, schlich wie ein unsichtbarer Geist durchs Haus.

Traditionell erledigten Pia und ich immer alles auf den letzten Drücker. So hatten wir geplant, die in meinem Büro deponierten Geschenke um zwei Uhr einzupacken. Da sie nicht zur vereinbarten Zeit kam, fing ich alleine an. Nach einer halben Stunde wurde es mir dann doch zu blöd und ich ging sie suchen. Sie saß in ihrem Zimmer und tuschelte ins Telefon, als sie mich kommen hörte.

Noch bevor ich etwas sagen konnte, rief sie mir zu:

„Ich komm' gleich, Conny! Ich sag' nur noch schnell tschüss."

„Hast du mal auf die Uhr gesehen?", fragte ich sie missmutig.

„Ja, aber das war wichtig – bin gleich bei dir."

24.12. – 14.30 Uhr. Was war jetzt noch wichtiger als die Bescherung? Ich ging zurück ins Büro und packte weiter ein. Um drei war ich fertig. Immer noch keine Spur von Pia. Ich stand kurz vor der Explosion. Wenn sie mir jetzt unter die Augen gekommen wäre, hätte ich Dinge gesagt, die ich ewig bereut hätte. So zog ich meine Schuhe an und stapfte beleidigt hinaus in den ausgefallenen Winter der Saison 06/07, geradewegs den Berg hoch, der zum Wald führt. Was Spazierengehen betrifft, bin ich ein typischer Mann. Ich brauch's nicht zum Leben, aber manchmal gehe ich mit Pia diesen Weg. Am Sportplatz vorbei, und dann taucht man ein in die ausgedehnten Forstflächen des Westerwaldes. Es war das erste Mal, dass ich hier allein unterwegs war. Die anhaltenden Regenfälle hatten den unbefestigten Pfad in einen Sumpf verwandelt und es quatschte bei jedem Schritt. Nach ein paar Metern hatten sich meine Füße an den schlüpfrigen Untergrund gewöhnt und meine Konzentration wandte sich wieder meinem Zorn zu. Ich hatte die Kontrolle über mein Leben verloren. Nichts lief mehr wie es sollte. Täglich gab es Ärger, die Stimmung war zum Kotzen, in meinem Bauch kreisten Jumbo-Jets und meine Frau war eine tickende Zeitbombe. Ein einziger Monat hatte ausgereicht, mein

Dasein und die Arbeit der letzten 25 Jahre an den Rand des Abgrunds zu befördern. Läppische vier Wochen, und alles schien den Bach runter zu gehen. Was hatte ich falsch gemacht? Was konnte ich tun?

Ganz ehrlich: Wenn mir in diesem Moment Gernot begegnet wäre und irgendjemand hätte mir die Garantie geben können, dass es nicht rauskommt – ich hätte den nächsten Knüppel aus dem Unterholz gezogen und ihn ohne Skrupel erschlagen. Ich erschrak über mich selbst. Wie wandlungsfähig die menschliche Moral doch sein kann.

In meiner Familie ist es Tradition, dass jeder Mann den Jagdschein macht. Mein Urgroßvater, mein Großvater, mein Vater, mein Bruder – alle haben ihn. Nur ich nicht. Obwohl ich als Bub keine Treibjagd ausließ, sah ich mich später außerstande, auf ein Tier zu schießen. Meinen Wehrdienst hätte ich aus demselben Grund verweigert, wenn mich der Musterungsausschuss nicht wegen meiner Allergien zurückgestellt hätte. Und jetzt plötzlich merkte ich, dass ich unter bestimmten Umständen einen Menschen kaltlächelnd töten könnte. Meine Befreiung. Es wäre mein Weihnachtsgeschenk an mich gewesen. Aber der Weihnachtsmann kam nicht, um mir den Dicken aus seinem Sack vor die Füße zu rollen, und so marschierte und sinnierte ich weiter.

Ich versuchte runterzukommen. Tief ein- und ausatmen. Nachdenken. Es musste doch eine Lösung geben. Es konnte doch nicht sein, dass mein Leben einfach so davonschwamm. Nicht wegen so einer idiotischen Geschichte, die man sonst nur aus der Bild-Zeitung kannte. Ich suchte mal wieder nach einem Plan, an den ich mich klammern konnte, etwas, auf das ich hoffen konnte. Aber es wollte mir nichts einfallen. Morgen schon würde ich mit Mick zu den Wintertests nach Calafat fahren und Pia am 1. Januar zum nächsten Seminar nach Traunstein. Ich würde sie also erst am 7. wiedersehen.

Plötzlich stand mitten im Wald Verena vor mir.

„Komm' mit nach Hause. Mama hat geweint und macht sich Sorgen."

„Ich wollte eh gerade umdrehen. Wieso macht die sich Sorgen? Vor einer Stunde hat sie sich noch nicht für mich interessiert."

„Weiß auch nicht, es ist jetzt alles so komisch bei euch", antwortete sie mit Krausen auf der Stirn.

„Komisch? Vee, das mit ihrer Sekte nimmt immer bedrohlichere Ausmaße an. Ich weiß nicht, wie lange ich das noch aushalte. Sie ist so anders. Alles ist anders geworden", entgegnete ich ihr.

„Ich hoffe, das wird wieder mit euch."

Danach gingen wir schweigend den Rest des Weges zurück.

Zu Hause saß meine Blume weinend zwischen den Geschenken und nestelte an den Anhängern rum.

„Ich hab' gedacht, du kommst nicht wieder. Ich musste die ganze Zeit an Maria denken. Die war auch plötzlich alleine."

Maria, eine alleinerziehende Mutter, war eine Freundin aus dem Nachbardorf. Ihr Mann hatte sich umgebracht, kurz bevor Pia sie auf einer Tupperparty kennengelernt hatten. Wir hatten viel darüber diskutiert, weil ich vor 20 Jahren auch so einen Fall im Bekanntenkreis hatte. Die Ehefrau fand damals den Mann und Familienvater auf dem Speicher. Er hing mit einem Kälberstrick um den Hals am Dachsparren. Pia und mir war es unbegreiflich, was passieren musste, damit man seinen Kindern so etwas antut. Die müssen ein Leben lang damit umgehen, dass sie es einem Elternteil nicht wert waren, zu bleiben und auch die schlechten Zeiten zu meistern. Krebs im Endstadium war die einzige Ausrede, die wir gelten ließen.

„Quatsch, ich war nur sauer, weil du mich die ganze Arbeit alleine hast machen lassen." Ich hatte mich auf dem Rückweg wieder unter Kontrolle bekommen. „Lass uns jetzt damit aufhören. Die Kinder warten sicher schon sehnsüchtig darauf, dass es losgeht."

„Ja, tut mir auch leid", sagte sie schniefend und half mir, den ersten Schwung Geschenke unter den Christbaum zu tragen.

Mit dem Aufreißen der Päckchen schien für Mick und Tim das Fest seinen gewohnten Lauf zu nehmen. Ich erinnere mich noch genau, wie es für mich war, als die Ehe meiner Eltern zu zerbrechen begann. Nach jedem Zwist, den sie hatten, glaubte ich felsenfest, dass es jetzt ausgestanden wäre. Dass meine Kindersonne wieder scheint und alles gut bleibt. So lange, bis der Himmel sich wieder verdunkelte und ich fürchterliche Angst bekam. Eines Tages sagte dann mein Vater zu mir: „Deine Mutter und ich lassen uns scheiden."

Das muss der Tag gewesen sein, an dem ich meinen Glauben verloren habe. Meine Kindersonne ist jedenfalls nie wieder aufgegangen.

Und jetzt rannten meine Jungs um den Baum, ihre Sonne schien und ich spürte wieder die gleiche Scheißangst wie damals. Wie sollte ich die sich anbahnende Katastrophe verhindern?

Für gewöhnlich bin ich ein Freund des positiven Denkens. Ich mache einen Plan oder zettle ein Geschäft an und überlege nicht viel, warum es nicht funktionieren sollte. Die substanziellen Dinge schon, wie: gibt es da eine Nachfrage, wie groß ist die Konkurrenz, etc.. Aber ich versuche es mit einer positiven Grundeinstellung.

Vor mehr als 10 Jahren kam mir in den Sinn, Kfz-Ersatzteile zu importieren. Bereits im 2. Jahr hatte ich damit über eine Viertelmillion in meinem alten 10-Quadratmeter-Büro umgesetzt. Es gab Tage, da standen Pia und ich knöcheltief in Verpackungschips und haben Pakete gepackt. Drei Jahre später hatte sich die Marktlage durch Wechselkursänderungen und gestiegene Versandkosten verändert. Es rentierte sich nicht mehr. Aber der Gewinn reichte aus, dass unsere Hausbank mitzog und wir den Neubau finanzieren konnten. Danach ging ich wieder in die Außenwerbung.

Mit dem positiven Denken stieß ich hier an meine Grenzen. Entweder funktionierte es nicht oder ich hatte bisher einfach nur Glück gehabt. Unwillkürlich fielen mir Murphys Gesetze ein:

Alles, was schiefgehen kann, wird auch schiefgehen

Wenn etwas auf verschiedene Arten schiefgehen kann, dann geht es immer auf die Art schief, dass es den meisten Schaden anrichtet.

Besonders das zweite machte mir zu schaffen. Es gab ja noch jede Menge Potenzial nach unten.

Calafat – Costa Dorada

Am liebsten wäre ich daheimgeblieben und hätte irgendetwas versucht, um Pia zu retten. Dieses Training in Katalonien war für Mick aber extrem wichtig. Er wechselte gerade die Klasse und stieg von seinem Minibike auf ein richtiges Motorrad um. Zum ersten Mal sollte er auf einer großen Rennstrecke fahren. Er freute sich schon seit Monaten darauf.

Auf die zwei längeren SMS, die wir Pia von unterwegs geschrieben hatten, war noch keine Antwort eingegangen. Als Mick das erste Mal auf die Strecke rausfuhr, machte es „Ping" in meiner Hosentasche. Sie hatte endlich zurückgeschrieben. Gespannt öffnete ich den Postordner.

„Schön, dass es bei euch alles in Ordnung ist. Viele Grüße Mama"

Mir wäre lieber gewesen, sie hätte sich gar nicht gemeldet. Dann hätte ich ihr Desinteresse darauf schieben können, dass mein Netzbetreiber vielleicht die Mails aus irgendeinem Grund nicht nach Spanien weiterleitete. Aber das! Mir wurde wieder mal speiübel. Da stimmte doch noch etwas anderes nicht. Das war nicht nur die Sekte. Da musste noch etwas faul sein.

Mick bedurfte jetzt meiner ganzen Aufmerksamkeit. Er fuhr großartig und es schien, als wenn er nie ein anderes Bike bewegt hätte. Die Piste, die höhere Geschwindigkeit, die anderen Reifen – innerhalb von einer Stunde hatte er sich an alles gewöhnt. Ich schoss ein paar Fotos für seine Homepage und merkte dabei, dass es an der Zeit war, ihn einzubremsen. Nach einer längeren Diskussion, in der ich ihm klarmachte, dass der Abflug mit so einem Motorrad wesentlich schmerzhafter und teurer ausfallen kann als mit dem Minibike, ging er wieder auf die Strecke.

Mick und alles, was er fährt. Für ihn gibt es nur zwei Bewegungszustände: Stehen oder am Limit. Egal ob Bobby-Car, Fahrrad, Minibike oder jetzt die Honda. Er war immer auf der allerletzten Rille unterwegs. Meine Ansprache deswegen blieb genauso lange in seinem Kopf, wie sie brauchte, um durchs eine Ohr rein und zum anderen wieder rauszukommen. Es war wie in der Fabel von dem Fuchs und dem Skorpion:

Der Skorpion überredet den Fuchs, der ihm nicht traut, ihn über den Fluss zu tragen. „Wenn ich dich steche, ertrinken wir doch beide!“ Das leuchtet dem Fuchs ein und er nimmt den Skorpion auf seinen Rücken. In der Mitte des Flusses sticht der Skorpion den Fuchs. „Warum hast du das getan, jetzt ertrinken wir!“ – „Ich weiß, aber das ist eben meine Natur…“

Zwei Tage früher als geplant, hatte ich den Skorpion auf einem provisorischen Bett im Transporter und den Fuchs hinten auf der Ladefläche liegen. Sterben mussten die beiden nicht, aber Micks Crash hatte ausgereicht, dass er mit einigen hässlichen Abschürfungen und das Bike mit einem 1000 Euro Schaden heimreisefertig waren.

Mit stoischer Ruhe nahm Pia unsere verfrühte Rückkehr zur Kenntnis. Ich hatte ihr von unterwegs eine weitere SMS geschrieben, aber ihre Antwort war genauso nichtssagend wie die andere Nachricht, die sie uns nach Calafat geschickt hatte. Für sie war das alles Schicksal und man müsste eben hingucken, warum es passiert ist. „Es ist wie es ist“, war einer ihrer beliebtesten Sprüche. Ihre ganze Art zu sprechen und das Vokabular, das sie gebrauchte, hatte sich verändert.

„Hinschauen“, „Geschenk“, „annehmen“, „Entwicklung“, „Energien“, „Schwingungen“, „frei“, „in Liebe“, waren Wörter, die fast in jedem dritten, ihrer salbungsvoll dozierten Sätze vorkamen. Allein, nichts von alldem drückte sich bei uns mehr im täglichen Leben aus. Wir lebten zwar zusammen, aber ein Paar waren wir in diesen Tagen nicht mehr. Sie erklärte es mir noch einmal:

„Du kannst meine Liebe nicht spüren, weil du nicht auf meiner Entwicklungsstufe stehst. Ich liebe dich mehr als je zuvor. Aber es ist eine freiere, ungebundenere Liebe, als du sie kennst. Um sie wieder fühlen zu können, musst du nur die nächsten Schritte gehen. Ich weiß, dass eine wundervolle Zeit vor uns liegt. Es liegt nur bei dir."

Mit der gleichen Verblendung haben die Missionare vor einem halben Jahrtausend auch auf die geschundenen Indios eingeredet und gleichzeitig dem massenhaften Abschlachten zugesehen. Aber ich behielt meine Meinung für mich.

Sonntag, 31.12.2006

Silvester feierten Pia und ich dann hier im Dorf bei Manuela und Gabor Balga. Die Kinder wollten ihre Kracher lieber bei den Fischers anzünden.

Manuela, die nebenberuflich ein mobiles Nagelpflegestudio betrieb, nahm schon seit geraumer Zeit an Pias Meditationen teil. Ihr Antrieb dabei war, herauszufinden, warum sie nach Jahren plötzlich Probleme bekommen hatte, ihren Mann zu lieben, und anscheinend war meine Frau der Meinung, sie könnte ihr dabei helfen. In den letzten Wochen verbrachten die beiden fast jeden Tag ein paar Stunden zusammen.

Im Verlauf des Abends holte Manuela ein Gesellschaftsspiel, das sie zu Weihnachten gekauft hatte. Ich glaube, es hieß Astrotime oder so ähnlich. Vor Spielbeginn bekommt man eine Sternzeichenkarte und muss sich bestimmte Eigenschaften aussuchen, von denen man glaubt, dass man sie hat. Über den Spielverlauf, der von Situationskärtchen bestimmt wird, soll sich ergeben, wer sich am besten eingeschätzt und dabei seine Spielsteine am weitesten vorwärtsbewegt hat. Eine Zeit lang fand ich es ganz amüsant. Bis Gabor Pia eine Frage vorlas. Wichtig war die ehrliche Antwort. Sonst würde das Spielergebnis verfälscht und man verlor mit den Steinen an Boden. Sinngemäß lautete sie etwa so:

Stellen Sie sich vor, Sie treffen jemanden in einer geselligen Runde, den Sie auf Anhieb nett finden und er/sie fragt Sie, ob Sie nicht noch wo anders mit ihm/ihr hingehen möchten, um in ruhigerer Atmosphäre mit ihm/ihr was zu trinken.

Die möglich Antworten waren:

a) Sie gehen natürlich mit
b) Sie sagen: „Nein, dankeschön"
c) Sie sagen „Vielleicht ein anderes Mal"
d) .... (weiß ich nicht mehr)

Mir war klar, dass Pia b nehmen würde. Wie gesagt, ich vertraute ihr blind. Oft genug hatte sie mir erzählt, dass ihr von Männern in der Sauna manchmal eindeutige Angebote gemacht wurden, die sie immer dankend abgelehnt hatte.

Doch der Ehrgeiz, das Spiel zu gewinnen, war anscheinend zu groß für sie, denn sie nahm fröhlich strahlend Antwort a.

Ich war erschüttert. Manuela und Gabor schienen mein Entsetzen nicht zu bemerken. Im Gegenteil.

„Joa, hätte ich jetzt auch von dir gedacht, Pia“, meinte Gabor mit breitem Grinsen, und Manuela fiel in sein Lachen mit ein.

Was war ich nur für ein Idiot gewesen. Den Ehering, den sie nicht mehr trug. Dieses: „Wenn es jemand braucht, dann werde ich es ihm geben.“ Es war also schon längst passiert. Waren das Hilferufe? Wollte sie, dass ich sie zur Rede stellte, weil sie selbst nicht den Mut hatte, damit rauszukommen? Sie wusste, dass ich ihr das niemals verzeihen würde. Wollte sie sich wirklich von mir trennen?

Es musste jemand aus der Gruppe sein. Sie hatte sich verknallt. Das war der Grund für ihr unterkühltes Verhalten, die seltsamen SMS und dass sie im Altbau schlief.

Ich würde ihr die Frage stellen müssen. Die Frage, vor der jeder in einer Beziehung die meiste Angst hat. Egal ob er sie stellt oder gestellt bekommt. Aber nicht in dieser Silvesternacht.

Kapitel 6
Laura

Es ergab sich aber keine Gelegenheit mehr. So eine Frage stellt man nicht zwischen Tür und Angel, wenn jemand gerade seine Koffer packt. Gegen Mittag hatten wir sie zum Bahnhof gebracht und dem ICE nachgewunken.

In diesem Moment wusste ich nicht, wie ich die nächste Woche schaffen sollte. Telefonisch würde ich sie schlecht erreichen können. „Wir beginnen immer schon morgens um 6.30 Uhr mit den Meditationen, dann die Gruppengespräche. Meistens gehen wir hinterher spazieren, um die Erfahrungen aufzuarbeiten. Nachmittags wieder Meditationen, Einzelsitzungen und Gruppengespräche bis in den späten Abend. Da werden wir kaum telefonieren können. Schreib' einfach eine SMS!", hatte sie gesagt.

Abends bin ich mit Tim ins Kino gegangen. Ich wollte versuchen, mich auf ihn zu konzentrieren, um mich abzulenken. Es ging nicht. Ich war in meiner eigenen, rotierenden Seifenblase gefangen. Angst und Eifersucht hatten die Kontrolle übernommen. Mein Körper und mein Geist bildeten keine funktionierende Einheit mehr. Ich war noch nicht einmal in der Lage, der Handlung eines *Disney*-Films zu folgen. Wieder zu Hause, trank ich den Rest Bourbon, der noch in der Flasche war.

Am nächsten Tag suchte ich nach der Telefonnummer der Aussteigerin. Laura hieß sie wohl. Ich wusste, dass

Pia kürzlich mit ihr gesprochen hatte. Sie hatte vergeblich versucht, sie in die Gruppe zurückzuholen. Irgendeine Nummer, die mit der schweizer Vorwahl 0041 begann.

An unserer Pinnwand hing keine. Ihr Adressbuch hatte Pia mitgenommen. Die neueste Telefonrechnung war noch nicht da. So kam ich nicht weiter. Ich ging noch einmal zur Pinnwand und drehte jeden Zettel um. Da fiel mir eine E-mailadresse auf: Laura170565@firefox.de. Das musste sie sein.

Ich ließ meinen Rechner hochfahren und öffnete in meinem E-mailaccount ein Postformular.

„Hallo Laura,
wundere dich bitte nicht, dass ich dir schreibe. Ich bin der Mann von Pia und würde gerne einmal mit dir über Gernots Gruppe sprechen. Ich mache mir ziemliche Sorgen um Pia.
Liebe Grüße
Conny"

Mehr konnte ich für heute nicht tun. Meine Blume hatte noch keine Zeit gehabt, uns eine SMS zu schreiben, um uns mitzuteilen, dass sie gut angekommen war. Meine Blume? Ich hatte das von Christopher Lambert aus *Highlander* geklaut. Es gefiel mir besser als die üblichen Kosenamen. Mit Schatzi, Mausi, Hase und so weiter konnte ich nichts anfangen. Aber war sie noch meine Blume? Vermutlich roch inzwischen schon ein anderer an ihr. Wer es wohl war? Ich hatte sie ja alle auf dem Seminar in Köln gesehen. Zu drei Viertel bestand die

Sekte aus Frauen. Dann noch die vier oder fünf Pärchen. Viele blieben da nicht übrig. Ich tippte auf Karsten, den schmierigen Technofreak aus Berlin. Er drückte sich auch so geschwollen durchgeistigt aus wie Pia. Er war am ehesten der „Ich kann dich sooo gut verstehen"-Typ. Der Absahner, der zur Stelle war, wenn sich eine Möglichkeit ergab.

Ich neige nicht zur Eifersucht. Deshalb ließ ich Pia immer ihre Freiräume. Sie ging regelmäßig in die Sauna, mit Freundinnen zum Essen oder auch mal allein auf ein Konzert, wenn ich mit der Band nichts anfangen konnte. Ich hab' sie nie überwacht. Das erscheint meinem Verständnis von Beziehung kontraproduktiv. Genauso wie ich mich an dem Tag unserer Hochzeit auf sie festgelegt hatte, setzte ich das auch bei ihr voraus. Ausgetobt hatten wir uns vorher. „Bis dass der Tod uns scheidet" war für mich keine Floskel, die eben zu einer Hochzeit dazugehört. Das war definitiv in meinem Denken so verankert.

Joseph Murphy (nicht der mit den Gesetzen) und die anderen Verfechter des positiven Denkens gehen davon aus, dass das Denken das Unterbewusstsein, welches letztendlich dafür verantwortlich ist, was mit uns passiert, beeinflusst. Dass du deinem Unterbewusstsein also über dein Denken eine Wahrheit vermittelst, die vom Unbewussten dann umgesetzt wird. Ich habe in meinem Leben nie daran gedacht, dass meine Frau fremdgehen könnte und meine Beziehung deshalb scheitern würde. Wenn Joseph Murphy trotzdem Recht haben sollte, musste sich das, was jetzt gerade passierte, zu einem anderen, viel früheren Zeitpunkt in mein Unbewusstes gefressen haben. Eine ältere Angst, die noch viel mächtiger war, als der Glaube an unsere ewige Liebe.

Wenn J. Murphy recht hatte, könnte man sich zwar die Zukunft schöndenken, aber, um vor solchen Katastrophen sicher zu sein, müsste man sich vorher erstmal irgendwie den Kopf ausleeren.

Dienstag, 3.1.2007

Bis zum Morgen war immer noch keine Nachricht von Pia eingetroffen; dafür hatte mir Laura ihre Telefonnummer mit ein paar netten Zeilen gemailt. Ich rief sie an.

„Hallo, hier ist der Conny!"

„Ach hallo, das ging aber schnell!"

„Ich wollte dich mal nach deinen Erfahrungen fragen und warum du nicht mehr hingehst. Ist das o.k. für dich?"

„Na klar", sagte sie in original Swyzerdütsch, „ich bin froh, wenn ich dir helfen kann."

Dann erzählte sie mir von ihren Erlebnissen.

Sie war über ein Jahr lang in der Gruppe. Endlose Meditationen und immer wieder Gruppengespräche. Sie stellte bald fest, dass einige Teilnehmer, auch hinter dem Rücken der anderen, zu Gernot, der sich für eine Inkarnation von Jesus Christus hält und sich auch gern mal mit Gottvater ansprechen lässt, gingen und ihm im Vertrauen ausgesprochene Dinge erzählten.

Wenn sie an dem Sinn von etwas zweifelte, das er sagte, würde ihr das nur zeigen, dass sie sich noch nicht treu sei. Das wäre eine Prüfung, die Gott ihr auferlegte und die sie bestehen müsse, um den nächsten Schritt zu gehen. Eigentlich sollte sie schon seit Monaten ihre Entwicklung abgeschlossen haben und ihre Befreiung machen, aber es fehlte immer noch ein Schrittchen, noch eine Prüfung, … usw ...

Hier unterbrach ich sie: „Laura, kannst du mir mal genau erklären, was diese „Befreiung“ überhaupt ist?“

„Ja, pass auf. Da macht man eine Meditation mit Gernot, in der man sich von allem lossagt. Man schneidet symbolische Stricke zu allen Dingen, die einem bisher wichtig waren, durch. Also zu den Kindern, dem Mann, dem Hab und Gut – einfach allem, was einem bisher etwas bedeutet hat. Mit dem Schwert von Erzengel Michael soll man die ganzen Schnüre durchschneiden, die einen daran festhalten. Damit löst man sich endgültig von allem und verspricht Gottvatermutter, von nun an nur noch ihm zu dienen und die Menschen ins Licht zu führen. Da man das im Angesicht Gottes macht, muss man es schon ernst damit meinen. Den lieben Gott kannst du schließlich nicht anlügen. Deshalb schafft ja auch keiner diese Befreiung. Pia war bisher die einzige. Sie hat danach stundenlang geheult. Dann hat Gernot ihr bestätigt, dass sie tatsächlich die göttliche Liebe ist.“

Dieser gottverdammte Drecksack!, dachte ich. Wie hinterlistig musste jemand sein, um sich so etwas auszudenken.

Laura erzählte dann weiter, dass sie wegen der dauernden Seminare und teueren Telefonsitzungen schließlich Probleme mit ihrem Mann bekam.

Eines Tages tauchten deshalb Gernot und ein paar andere bei ihr in der Schweiz auf, um einen Kristall in ihrer Wohnung anzubringen. Nicht einen physischen Kristall. Die hockten sich in ihr Wohnzimmer und begannen zu meditieren. Sie installierten geistig diesen Stein der Harmonie an ihrer Wohnzimmerdecke. Da wurde es ihrem Mann zu blöd und er hat die Bande rausgeschmissen. Außerdem hatte er ihr kategorisch erklärt, dass sie da nicht mehr hinfährt. Sie bekam wahnsinnige Angst, weil sie doch schon x-millionen Seelen versprochen hatte, ihnen auf dem Weg ins Licht zu helfen. Sie nahm dann wieder eine Telefonsitzung bei Gernot. Dabei kam natürlich raus, dass sie nochmal nach Traunstein zu einem Seminar kommen müsse, um sich von allem zu befreien. Ihre Angst vor einer Bestrafung durch Gott wuchs weiter. Als sie ihrem Mann erzählte, dass sie noch eine Telefonsitzung gemacht hatte, gab es einen Riesenkrach. Da wurde ihr klar, dass sie wirklich kurz davor gestanden hatte, ihre Familie kaputt zu machen. Sie wollte zu der Zeit auch nicht mehr nach Traunstein fahren, aber es dauerte noch Wochen, bis die Angst vor Gottes Bestrafung abgeklungen war. Immer wieder bekam sie E-mails von anderen Mitgliedern. Auch zwei von Gernot, der sie massiv unter Druck setzte. Vor ungefähr zwei Wochen hatte sich Pia, die ihr auch schon E-mails geschrieben hatte, dann telefonisch bei ihr gemeldet und sie zu einer Rückkehr überreden wollen. Weil alle das gleiche schrieben oder sagten und dabei Gernots Formulierungen gebrauchten, war es ihr vorgekommen, als wären sie von ihm beauftragt worden.

„Du, Conny, ich hatte echt Glück, dass ich hier in der Schweiz so weit weg vom Schuss bin. Ich wüsste nicht, wie ich da hätte rauskommen sollen, wenn die einen besseren Zugriff auf mich gehabt hätten."

„Kannst du mir denn einen Rat geben, was helfen könnte, Laura?"

„Hmm… Eigentlich nicht. Ich hab' Pia in der Gruppe erlebt, wie sie dort aufblüht, wie sie den anderen in den Hintern tritt, wenn sie nicht weiterkommen. Sie ist nach ihrer Befreiung zu Gernots rechter Hand geworden. So, wie ich sie vor einigen Tagen am Telefon erlebt habe, wird sie das niemals aufgeben. Ich hatte sie auch nach dir gefragt. Sie meinte, dass du anscheinend auch langsam erkennst, dass du dich auf den Weg machen musst. – Geh da bloß nicht hin!"

„Nein, keine Sorge! Werd' ich sicher nicht. Du, sag mal, kannst du mir noch was zu Karsten sagen?", fragte ich sie.

„Mit dem habe ich mich nicht viel beschäftigt. Der ist ein bisschen seltsam. Einmal hat er mich auf einen Kaffee eingeladen und dabei angebaggert. Aber der ist nicht mein Typ."

„Hmh, ich danke dir!"

„Du kannst mich jederzeit wieder anrufen, Conny."

„Ja, mach' ich vielleicht, vielen Dank nochmal, dass du so offen zu mir warst, tschüss!"

„Ich wünsch' dir Kraft! Mach's gut."

Scheiße, Scheiße, Scheiße … So weit war sie also schon. Die Vorturnerin in Gernots Kasperletheater. Ich hielt es nicht mehr aus und schrieb ihr eine SMS. Wie es ihr ginge, dass ich mich schon auf Sonntag freute, wenn sie wiederkommt und so ein Zeug, in der Hoffnung, aus ihrer Antwort irgendetwas herauszulesen. Nachts um halb eins kam ihre Nachricht:

„Hier passiert so unglaublich viel. Alle kommen jetzt in ihre Prozesse. Wir haben noch viel Arbeit. Bin erledigt, muss jetzt dringend schlafen. Kuss Pia"

Na ja, sie hatte wenigstens mal wieder einen Kuss angehängt. Ich war in Versuchung anzurufen, ließ es aber bleiben. Sie hätte es mir als Klammern ausgelegt.

Freitag kam dann noch eine SMS. Die Ausführlichkeit überraschte mich:

„Lieber Conny, ich fühle deine Angst. Ich weiß, wie die Angst sich anfühlt, aber das bringt dich nicht weiter. Ich habe das Vertrauen nicht absichtlich zerstört. Ich war nur so ehrlich, dir zu sagen, wie ich jetzt fühle und wer ich bin. Weiß, dass es schwer für dich ist. Siehst und fühlst du nicht auch die Chance, die durch meine Veränderung in unser Leben gekommen ist. Das Fühlen für uns ist doch ein Geschenk. Es ist deine Angst, die alles so schwer macht, und du machst mir einen Vorwurf, dass ich jetzt so bin, wie ich bin. Meine Liebe ist stark, wie sie noch nie war. Liebe zu fühlen heißt, sich selbst zu vertrauen und sich selbst zu lieben und Liebe bedeutet, den Anderen so zu lieben, wie er ist. Was ist das für eine Liebe, wenn ich nur so sein darf, wie du es

dir vorstellst. Darf ich mich nicht verändern und immer mehr glücklich werden. Mein Herz schmerzt. Fühle dich und deine Angst. In Liebe Pia"

Den Rest der Woche verbrachte ich hauptsächlich in der Werkstatt und reparierte Mick's Bike.

Kapitel 7
Peter, Elvira und Karsten

Sonntag, 7.1.2007

Jedes Mal, wenn ich auf dem Bahnsteig des ICE-Bahnhofs in Montabaur stehe und auf einen Zug warte, ahne ich die vielen Menschen, die sich hier verabschiedet oder wiedergetroffen haben. Oben in Gleisnähe fühlt es sich ganz anders an als unten im restlichen Bahnhof. Als wenn die Reisenden ihre Empfindungen der Traurigkeit, Sehnsucht und Wiedersehensfreude beim Ein- und Aussteigen unaufmerksam vergessen hätten.

Während ich auf Pias Zug wartete, waberten diese ganzen Rührseligkeiten an mir vorbei und versetzten mich in die melancholische „weißt du noch" Stimmung. Weißt du noch, wie es vor ein paar Monaten war? Als das Leben planbar, berechenbar war. Gleich würde sie aus dem Zug steigen. Wann sollte ich ihr die Frage stellen, die mich seit einer Woche kaum schlafen ließ? Mick und Tim standen neben mir und winkten jeder der verspiegelten Scheiben des Intercitys in der Hoffnung zu, dass ihre Mutter sie im Vorbeirollen erkennen würde. Meiner natürlichen Ungeduld dauerte das alles viel zu lange.

Pia trug die eng anliegende, schneeweiße Lederjacke, die ich ihr vor zwei Jahren geschenkt hatte. Sie sah toll aus, als sie lachend ihre Kinder in die Arme nahm. Wie das blühende Leben. Überarbeitet hatte sie sich jedenfalls nicht in Traunstein, und ihre Freude, uns zu sehen, wirkte weder aufgesetzt noch schuldbewusst. Erst küsste sie die Jungs und dann mich, als wenn nie irgendetwas geschehen wäre. Ich nahm dem grinsenden, weißen Chamäleon den Koffer ab und steuerte der Rolltreppe zum Untergeschoss entgegen.

„Komm mal her", rief sie hinter mir. „Du hast mich noch gar nicht richtig begrüßt!"

Ich drehte mich um und landete direkt in ihrer Kriegsgefangenschaftsheimkehrerumarmung.

Auf der Rückfahrt vom Bahnhof unterhielt sie sich mit den Kindern, und ich rätselte, konzentriertes Fahren vortäuschend, was nun wieder passiert war. Die Mutter aller Fragen hatte noch ein bisschen Zeit. Erstmal wollte ich sie nach dem Verlauf des Seminars aushorchen.

In einer ruhigen Minute am Abend setzte sie sich neben mich auf's Sofa.

„Ich war ganz traurig, als ich ankam. Carola durfte nicht kommen. Der blöde Manfred hat sie nicht fahren lassen. Ich habe mit ihr telefoniert und sie hat so geweint. Aber gleich am Montag konnte ich mich davon losmachen."

Ich musste Manfred nochmal kontaktieren. Nach allem, was ich von Laura wusste, hatte meine Schwägerin jetzt fürchterliche Ängste. Er sollte sie zu einem Psychologen schicken, dachte ich.

Zu Pia gewandt:

„Und wie war's auf dem Seminar, in was für Prozesse sind die Leute denn reingekommen?"

„Du glaubst es nicht, was passiert ist! Diesmal hat es Peter und Elvira (seine Frau) schwer erwischt. Du kannst dir nicht vorstellen, was da hochgekommen ist."

Peter, die uralte Seele, seit Menschengedenken hier auf Erden wandelnd, hatte eine drübergekriegt?! Nach unserem letzten Telefonat würde das bei mir kein Mitleid auslösen.

„Erzähl, was war los?" Meine Neugierde war echt.

„Peter hat gedacht, er wäre diesmal dran, endlich seine Befreiung zu machen. Am ersten Tag hat er sich gleich morgens in die Runde gestellt und gesagt, er macht es in dieser Woche, und wenn es deshalb eine Prüfung brauchen sollte, würde er sie gerne annehmen, egal wie hart sie wäre. Er hat es förmlich heraufbeschworen."

Sie schaute mich mit ihren tiefgläubigen, rehbraunen Augen an: „Und dann ist er tatsächlich geprüft worden. Da wurden ihm aber seine Grenzen aufgezeigt."

„Mach's nicht so spannend Pia, erzähl weiter", drängte ich sie.

„Also …, schon am ersten Tag hat sich die Elvira immer neben den Karsten gesetzt und umgekehrt. Am Mittwoch sind sie nach der morgendlichen Gruppenbesprechung zusammen spazieren gegangen und nicht wiedergekommen. Der Peter ist los, um sie zu suchen, hat sie aber nicht gefunden. Erst ganz spät sind die beiden zurückgekommen. Keiner wusste, ob was zwischen ihnen gelaufen ist, aber man hat gespürt, wie es geknistert hat. Peter ist ausgeflippt. Jedenfalls konnte er seine Befreiung damit gleich mal vergessen. Er hat gemerkt, dass er Elvira nicht loslassen kann."

Aah, Karsten der Absahner, hatte wieder zugeschlagen, dachte ich. Inzwischen war er bei mir im Fall Pia schon vorverurteilt.

„Was is'n der Karsten für ein Typ, was macht'n der so? Er hat erzählt, dass er gern Techno hört, als er hier war", horchte ich sie aus.

„Ooch, der ist total nett, ein ganz Lieber. Kommt aber mit seiner Entwicklung überhaupt nicht voran. Dem fehlt immer noch das Fühlen, obwohl er schon so lange dabei ist. Der ist auch der Einzige, der nichts für die Seminare zahlen muss, weil er Gernot mal ein paar Räume angestrichen hat. Er lebt von seiner Frau getrennt in Berlin, will aber zurück zu ihr. Ihm fehlt das Einlassen können."

„Aah so – erzähl' weiter."

„Ja, die beiden haben dann auch zugegeben, dass sie sich zueinander hingezogen fühlen, eine starke energetische Anziehung. So langsam kam raus, dass sie wohl nicht miteinander gepennt hatten, aber Elvira hat bei der Gelegenheit gleich reinen Tisch gemacht und gebeichtet, dass sie vorher schon zweimal fremdgegangen war."

„Hätte ich nie von ihr gedacht!", warf ich ungläubig dazwischen. Und meinte eigentlich die öffentliche Beichte damit.

„Ja, aber das war ja das Fantastische! Peter wurde seine Selbstüberschätzung auf die härteste Weise von Gott vor Augen geführt. – Verstehst du nicht? Er hatte Gott um eine

Prüfung gebeten und Gott hat ihn erhört. In Traunstein geschehen oft Dinge, die sich nirgendwo anders auf den Seminaren ereignen."

„Wieso?", fragte ich.

„Das ist die andere Stimmung, in die wir da fallen. Meditieren, dieses Gruppengefühl ..."

„Warte gleich, erzähl erst, wie das mit Peter weitergegangen ist!", unterbrach ich ihren Redeschwall.

„Gernot konnte das aufdröseln. Er hat sich oben angebunden und erfahren, dass Karsten und Elvira nicht füreinander bestimmt sind. Diese Anziehung hatte Gott nur geschaffen, um Peter zu prüfen. Karsten hat das dann auch sofort gemerkt. Ich glaub' aber, Elvira hat ihm noch ein bisschen nachgetrauert. Peter hat das jedenfalls alles nicht gepackt und ist früher abgereist. Der hängt halt doch noch arg in seinem Ego fest."

Was sie gerade erzählt hatte, war die mit Abstand hanebüchendste Geschichte, die ich je gehört hatte. Also, ich meine – nicht ausgedacht, sondern wirklich passiert! Aber sie war ja noch nicht fertig!

„Was meintest du eben mit anderer Stimmung und Dingen, die sich in Traunstein ereignen?"

„Mir ist beim Seminar im Oktober, als ich meine Befreiung hatte, was passiert. – Wir saßen da an einem Tag so rum und hatten ein Gruppengespräch. Plötzlich hat der Gernot eine Meditation angeordnet. Das hatte er vorher noch nie gemacht, ein Gruppengespräch einfach so abgebrochen. Wir gingen also in Meditation und ich merkte, wie mir heiß und kalt wurde. Mir brach der Schweiß aus. Ich machte die Augen auf und sah eine Lichtgestalt auf mich zukommen. Als sie mich mit ihrem Finger berührte, fiel ich von meinem Stuhl und die Gestalt verschwand. Ich konnte 10 Minuten lang nicht mehr sprechen, weil ich dachte, ich ersticke gleich. Ich bekam keine Luft mehr. Dann wurde es langsam besser. Als die anderen aus dem Raum raus waren, habe ich Gernot gefragt, was das war. Er hat mir erklärt, dass er bemerkte, dass eine Göttlichkeit den Raum betreten hatte. Deshalb habe er sofortige Meditation angeordnet. Es war meine eigene Göttlichkeit, die mich da berührt hat. Weil ich noch nicht stark genug bin, sie zu ertragen, bin ich vom Stuhl gefallen."

Keine Ahnung, wie oft ich Pia in der letzten Zeit ungläubig angesehen habe. Mit offenem Mund lauschte ich weiter ihren Ausführungen.

„Beim Spazierengehen danach erschien sie mir noch einmal auf einem Waldweg. Dieses Erlebnis hat mir eine ungeheuere Kraft in den Glauben gegeben, dass ich das Richtige tue. Kurz danach habe ich meine Befreiung ja geschafft."

Mir war nicht mehr danach, ihr die Frage zu stellen. Das konnte auch noch einen Tag warten. Und was würde es bedeuten, wenn sie sie bejaht? Pia war krank, richtig krank. Sie hatte sich ihre eigene Wirklichkeit geschaffen und lebte darin. Diese Wirklichkeit hatte zwar eine Schnittmenge mit der Realität – sie ging wie gewohnt arbeiten, kochte und versorgte die Kinder – aber sie lebte und dachte nur noch in ihrer Traumwelt.

In der folgenden Nacht bekam ich einen weiteren Beweis für ihre innere Zerrissenheit. Sie hatte sich wieder neben mich ins Ehebett gelegt. Nachdem sie eingeschlafen war, fing sie an zu zucken. Das ging die ganze Nacht durch. Sie zitterte an Armen und Beinen, wie man es manchmal bei einem schlafenden Hund beobachten kann. Ein paarmal hatte sie mich aufgeweckt mit ihren fahrigen Bewegungen, und am Morgen war ihr Laken wieder patschnass durchgeschwitzt.

Kapitel 8
Die Frage

Montag, 8.1.2007

Ich hatte einen Auftrag von einer Düsseldorfer Agentur bekommen. Sie wollten 250 Fotos aus Duisburg und Gelsenkirchen von der ZDF-Plakatkampagne, die gerade angeschlagen war. Dafür würde ich knapp drei Tage brauchen. Bevor ich morgens losfuhr, schickte ich Manfred noch eine E-mail wegen Carola.

Den ganzen Tag lang konnte ich an nichts anderes als die Frage denken, die ich Pia an diesem Abend stellen wollte. Außerdem wurde mir Karstens Rolle in der Gruppe immer suspekter. Dass Gernot jemanden ohne Gebühren für Seminare und Sitzungen mitmachen ließ, musste einen Grund haben. Ich hatte mal überschlagen, dass er pro Kopf etwa 3000-5000 Euro im Jahr an Einnahmen hatte. Das würde er sich nicht für das simple Anstreichen von ein paar Zimmern entgehen lassen. Ich hatte aber einfach noch zu wenig Puzzlesteine, um ein Bild zu bekommen.

Als ich zu Hause ankam, war Pia gerade auf dem Sprung, um ein paar Besorgungen machen, und ich bot mich an mitzufahren. Wir hatten unseren Einkaufswagen ziemlich voll, und an der Supermarktkasse zeigte sich das ganze Ausmaß meiner geistigen Abwesenheit, als ich den EC-Bon nicht mit meinem Namen, sondern mit der Pin-Nummer der

Karte unterschrieb. Die Kassiererin hat sich kaum wieder eingekriegt. So was sei ihr ja noch nie passiert.

Nach dem Verstauen der Lebensmittel in unserer Speisekammer war es dann soweit. Ich sagte zu Pia:

„Du, ich wollte mal mit dir reden. Können wir rüber in dein Meditationszimmer gehen?“

„Ja klar, was ist denn?“

„Nicht hier, lass uns erst rüber gehen.“

Ich wollte nicht, dass die Kinder in unmittelbarer Nähe waren. Sie saßen vor dem Fernseher und guckten sich eine Vorabendserie an.

Pia kniete sich auf ihr purpurfarbenes Kissen und ich zog mir den einzigen Stuhl ran, der in diesem Raum war.

„Ich muss dich etwas fragen, Pia. Du weißt, dass ich dir immer vertraut habe, und es gab in den ganzen Jahren, die wir zusammen sind, nie einen Grund, warum ich es nicht hätte tun sollen. In den letzten Wochen hat sich das aber geändert. Du hast selbst gesagt, Sicherheit und Vertrauen gibt es nicht mehr. Das muss jeder bei sich selbst finden. Ich finde da aber nichts mehr bei mir und es geht mir entsprechend schlecht. – Bist du fremdgegangen?“

Der Ausdruck ihrer Augen hatte sich im Verlauf meiner kurzen Rede von freudiger Neugier in tiefe Traurigkeit verwandelt. Ich wusste die Antwort, und mir wurde schwindelig, bevor sie langsam ihre Lippen öffnete:

„Conny, ich bin die göttliche Liebe und darf nicht lügen. Das tut dir jetzt wahrscheinlich sehr weh. Ich war dir immer treu und ich habe dich nie betrogen. Ich sehe das auch heute noch so, aber du wirst es nicht verstehen. Ich habe einmal mit einem anderen Mann geschlafen. Aber ich habe dich nicht betrogen. Ich habe es für meine Entwicklung getan. Sonst hätte ich mich nie von dir lösen können. Ich musste es machen, um mich zu befreien. Ich liebe dich, das habe ich dir oft genug gesagt. Aber es tut mir auch nicht leid. Ich werde mich nicht dafür entschuldigen."

„Mit Karsten – hab' ich recht?"

„Das spielt doch keine Rolle."

„Hab ich recht?"

„Ja, aber mach's dir doch nicht so schwer..."

Obwohl ich wusste, dass sie nicht zurechnungsfähig war, obwohl ich mir fast sicher sein konnte, dass es nicht ihre eigene Entscheidung war, obwohl – so schizophren es klingt – ich eigentlich stolz auf sie hätte sein müssen, dass es Gernot nicht anders geschafft hatte, sie von mir und der Familie abzuspalten, klappte ich zusammen. Von Schwindel, Übelkeit und Weinkrämpfen überwältigt, fiel ich vom Stuhl. Minutenlang lag ich so da, bis ich merkte, dass ich kotzen musste. Mühsam schleppte ich mich zur Speichertreppe, dann abwärts Richtung Badezimmer. Nachdem ich mich entleert hatte, blieb ich noch eine Stunde dort. Ich hatte die Tür abgeschlossen und heulte hemmungslos. Ich konnte einfach nicht mehr aufhören. Nach einer Weile blieben die Tränen weg und es war nur noch Schluchzen.

Pia hatte die ganze Zeit vor der Toilette gewartet und wollte mich in den Arm nehmen, als ich rauskam. Ich stieß sie weg, ging ins Schlafzimmer und schloss mich dort erneut ein.

Sie hatte es also getan. Ihr Ego, von dem sie glaubte, es für ihre Befreiung auf Null reduziert zu haben, war so maßlos angewachsen, dass sie es über alles stellte. Über Familie, Werte, Moral und unsere Ehe. Für sie zählte nur noch der Weg ins Licht. Sie wusste, dass ich mich von ihr scheiden lasse, wenn sie fremdgeht. In ihrem Wahn hatte sie es sich als notwendig und noch nicht einmal tadelnswert einreden lassen.

Ich musste an unsere Kinder denken und wieder schüttelten mich Krämpfe. Das ging so weiter bis ungefähr halb drei nachts. Dann zog ich mich an und packte meine Sachen zusammen. Ich wollte ins Ruhrgebiet fahren und dort warten, bis es hell genug war, um Fotos zu machen.

An der ersten Autobahntankstelle stoppte ich, um mir eine Schachtel Zigaretten zu kaufen. Als ich gerade wieder einstieg, kam ein Anhalter auf mich zu und fragte mich, ob ich Richtung Düsseldorf fahre. Er müsse zum Flughafen. Ich sagte ihm, dass ich nichts Besseres vorhabe und ihn hinbrächte, wenn er sich dafür meine Geschichte anhörte. Ich musste es rauslassen. Irgendwem den ganzen Stuss erzählen. Da kam mir dieser anonyme Tramp gerade recht. Wir hatten also einen Deal, und auf dem Weg nach Düsseldorf erzählte ich ihm alles, was in den letzten Wochen vorgefallen war. Der nette Kerl, der aussah, als wenn sein Leben gerade beginnen würde, hörte aufmerksam zu.

Beim Aussteigen sagte er:

„Tut mir echt leid, dass es bei dir gerade so beschissen läuft. Ich wünsch' dir Kraft!"

Ich wünsch' dir Kraft! – das wünschte mir seit neuestem jeder. Leider war's kein Running Gag.

Der junge Mann, der auf dem Weg zu einem Entwicklungshilfeprojekt in Asien war, hatte es wahrscheinlich nicht bemerkt, doch er hatte mir mindestens so geholfen wie ich ihm. Ich war wieder runtergekommen, hatte mich beruhigt. Und so langsam konnte ich wieder klar denken.

In Gelsenkirchen hatte ich in der Uferstraße meinen ersten Standort. Es war noch stockdunkel. Unweit der Schleuse des Rhein-Herne-Kanals parkte ich mein Auto und ging zum Wasser hinunter. Ich zündete mir eine Zigarette an und beobachtete einen Frachter, der gerade in die beleuchtete Schleuse einlief.

Ich war nicht bereit, mein Leben wegzuschmeißen. Ich liebte Pia immer noch, aber meine Einstellung zu ihr war ambivalent. Einerseits wusste ich, dass ich Untreue nicht verzeihen konnte. In einer Beziehungen war Vertrauen für mich der wichtigste Faktor. Wenn es einmal zerstört war, war es nicht mehr wiederherzustellen. Ich wollte nicht den Rest meines Lebens damit verbringen, mich zu fragen, ob Pia fremdgeht, wenn sie die Gelegenheit dazu hatte oder es gerade jemand brauchte. Vielleicht hatte sie sich Karsten ja auch deshalb ausgesucht, damit er das Fühlen bei ihr lernt und in seiner Entwicklung besser vorankommt. Oder Gernot hatte sie verkuppelt. Er wusste über alle seine Schäfchen bestens Bescheid. Pia hatte er damit aus ihrer Familie gerissen und unter seine uneingeschränkte Kontrolle gebracht. Karsten, der laut Pia noch an seiner Frau hing, auf dem Weg in die gleiche Abhängigkeit ein Stück vorangeschoben. Nach dem, was ich inzwischen über Gernot Lorenz wusste, traute ich ihm alles zu.

Auf der anderen Seite war es offensichtlich, dass Pia krank war und professionelle Hilfe gebraucht hätte. Nur hatte ich keine Ahnung, wie ich sie dorthin kriegen sollte. Sie würde niemals zu einem Therapeuten gehen. Trotzdem wollte ich die Flinte nicht ins Korn werfen. Pia konnte durchaus noch aufwachen, ihren Fehler erkennen und wieder so leben wollen wie früher. Dann würde sie mich dringend an ihrer Seite brauchen. Wenn wir diese Krise überständen, würde das unsere Beziehung nicht schwächen, sondern stärken. Der „alten Pia", das vermutete ich, könnte ich wieder vertrauen.

Inzwischen war es sieben Uhr und ich suchte mir einen McDonalds, um zu frühstücken. Seltsamerweise wurde ich, obwohl ich nicht geschlafen hatte, im Verlauf des Tages nicht müde und machte etwa 90 Fotos. Kurz bevor es dämmerte, hielt ich an einem Blumenladen an und kaufte einen Strauß.

Eine alte Taktik. Tue immer das Unerwartete. Mit Sicherheit rechnete Pia damit, dass ich sie keines Blickes würdigte, wenn ich nach Hause kam. Stattdessen drückte ich ihr die Blumen in die Hand. Vermutlich hatte sie sich den ganzen Tag überlegt, wie es weitergehen sollte und was sie auf meine Vorwürfe sagen konnte. Das war nun Altpapier und wanderte wie diese unsäglichen Werbeblättchen ungelesen in den Müll.

„Was ist denn mit dir los?“ Sie schaute mich fassunglos an.

„Was soll ich sagen, ich weiß doch noch viel zu wenig über deinen neuen Weg. Soll ich die göttliche Liebe rausschmeißen? Was ist, wenn du recht hast? Du bist doch felsenfest von dem überzeugt, was du tust. Dann sollten wir dem auch eine Chance geben.“

Sie hatte das natürlich nicht erwartet, aber in ihrer Realität war das vollauf überzeugend. Alles musste sich zum Guten wenden. Das hatte ihr Gernot schließlich so versprochen.

Der letzte Tag meines Auftrags verlief ziemlich zäh. Fast musste ich fürchten, nicht fertig zu werden. Von unterwegs rief ich Dietmar an, von dem ich länger nichts gehört hatte.

„Hi Conny, wie schaut's aus?“, begrüßte er mich.

„Wenn du denkst, es geht nicht mehr schlimmer, wirst du umgehend vom Gegenteil belehrt“, antwortete ich und erzählte ihm, was passiert war.

„Mann, Mann, Mann …, Pia lässt aber auch gar nichts aus. Die bestätigt jedes Vorurteil, das man über Sekten hat.“

„Ja, leider. Kann man sie wirklich nicht einweisen lassen? Sie ist krank. Reicht das alles immer noch nicht aus? Kürzlich hat doch erst eine Frau, die auch in so einem Verein festhing, ihre Kinder umgebracht, um sie vor bösen Mächten zu schützen.“

„Nein“, meinte er, „du müsstest beweisen, dass sie eine Gefahr darstellt. Für die Allgemeinheit oder sich selbst.

Wenn Selbstmordgefahr bestände, hättest du eine Chance. So einfach wie im Fernsehen geht das nicht."

„Nein, umbringen wird sie sich nicht. Der geht's so gut wie lange nicht. Die strahlt wie ein Kernbrennstab. Wann seh' ich dich mal wieder?"

„Mal schauen. Ich hab' zur Zeit ziemlich viel um die Ohren. Ich melde mich!"

„O.k. Bis dann!"

Als ich mich verabschiedete, kamen mir seltsame Pläne in den Sinn.

Eine Gefahr! Sie müsste eine Gefahr darstellen, dann könnte man sie aus dem Verkehr ziehen und sie müsste sich zwangsläufig mit einem Psychiater auseinandersetzen. Wie sollte das gehen … wenn sie mit einem Messer auf mich einstäche … das würde sie natürlich nicht tun … wenn ich mich selber … und Dietmar würde das bezeugen …

Ich stand inzwischen selbst kurz vorm Durchdrehen. Der wenige Schlaf, die dauernde Flennerei, die dürftige Nahrungsaufnahme, die Angst um Pia, die Angst, wie mein Leben weitergehen würde. Ich war nur noch der Schatten des Schattens von mir. Ich hatte seit November fünf Kilo abgenommen und war nicht nur mehr schlank, sondern dürr.

Kapitel 9
Rocker oder Russen

Mittwoch, 17.1.2007

Die Tage, nachdem ich Pia die Frage gestellt hatte, waren ohne besondere Vorkommnisse verlaufen. Sie meditierte dreimal täglich und ich ging meiner Arbeit nach. Einen Plan hatte ich immer noch nicht und so ließ ich es einfach laufen. Unser Verhältnis hätte man fast als normal bezeichnen können, wären da nicht die dauernden Meditationen und Pias ungewöhnliche Ausdrucksweise gewesen.

Endlich kam die Telefonrechnung. Es war so, wie ich vermutet hatte. Jeden zweiten oder dritten Tag hatte sie Gernot angerufen. Von den anderen Verdächtigen waren da noch mehrere Anrufe zu Karsten nach Berlin und zwei zu ihrer Zwillingsschwester Carola. Besonders die Anrufe zu Karsten trafen mich ins Herz. Genau in den Tagen, in denen ich mit Mick in Calafat war, hatte sie stundenlang mit ihm telefoniert. War sie entgegen ihrer Aussage doch in ihn verknallt gewesen? War er mehr als nur der Steigbügelhalter für ihre Befreiung? Und nun hatte Karsten auf dem letzten Seminar mit Elvira rumgemacht. Möglicherweise war sie enttäuscht darüber und wandte sich deshalb wieder mir zu? Das würde ihr Verhalten nach dem Seminar erklären.

„Du, Conny“, hatte sie gestern gesagt, „zu dem Seminar Anfang Februar in Köln, da muss ich hin. Das ist ja ein

Heimspiel. Aber das März-Seminar in Berlin, das lasse ich aus. Ich brauche jetzt nicht mehr so oft hin, das spüre ich."

Ich beschloss, das erst zu glauben, wenn es tatsächlich ohne sie stattgefunden hatte.

Meine Überprüfung der Telefonverbindungen setzte meine Hemmschwelle für weitere Bespitzelungsmaßnahmen auf einer Skala von 1 bis 10 auf ungefähr 2 herab. Ich überlegte, wie ich ihre E-Mails lesen könnte. Der Gedanke kam so automatisch, wie er jahrelang nicht vorhanden war. Ich wollte Klarheit, was Karsten betraf. Außerdem wusste ich, dass Gernot seit einiger Zeit seine Eingebungen und Weisheiten auf diesem Weg zu seinen Jüngern brachte. Das würde mich auf dem Laufenden halten und gleichzeitig den Wahrheitsgehalt von Pias Aussagen testen. Denn dass meine „göttliche Liebe" niemals mehr log, glaubte ich ihr nicht. Dafür gab es zu viele Widersprüche in ihrem Verhalten.

Nach einigem Suchen im world wide web lud ich mir ein Programm herunter, das für meine Zwecke geeignet erschien. Es speicherte eingegebene Passwörter in einer zweiten Ebene, die für den Benutzer des Computers nicht sichtbar war, solange er das entsprechende Programm nicht öffnete. Pia hatte keinen eigenen Computer, und ihre Kenntnisse über dieses Teufelswerk reichten gerade soweit aus, dass sie ihn einschalten und die Passwörter für den Rechner und ihren E-mailaccount eingeben konnte. Sie setzte sich immer an mein Laptop im Büro, wenn sie ihre E-Mails oder die Botschaften des Erzengels lesen wollte.

Die Spyware funktionierte tadellos. 3132 war Pias Passwort. Besonders viele Mails waren nicht in ihrer Ablage gespeichert. Konnte sein, dass sie schon welche gelöscht hatte.

Pia hatte einem Typ geschrieben, dessen Frau vor einiger Zeit bei Gernot gestorben war. Sie hatte Krebs im fortgeschrittenen Stadium. Gernot riet ihr von der Chemotherapie ab und bot sich selbst an, ihr zu helfen. Monatelang meditierte er mit ihr und ließ sich dafür fürstlich entlohnen. Als die Frau schließlich starb, stellte er sich vor die Gruppe und erklärte:

„Ich habe sie ins Licht geführt! Sie ist als geheilter Mensch heimgegangen zu Gottvatermutter."

Mittlerweile schien der Witwer aber wieder ganz glücklich zu sein. Er hatte ruckzuck mit der Schwester seiner toten Frau ein Verhältnis angefangen und sie bei sich zu Hause aufgenommen. – Honi soit qui mal y pense. In seiner Antwort an Pia beschwerte er sich darüber, dass sie sich nun bei ihm im Dorf das Maul über seine neue Lebensgefährtin zerrissen.

Donnerstag, 25.1.2007

Irgendetwas hatte sich wieder verändert. Pia wirkte abwesend, nicht richtig präsent. Als ich es ihr sagte, meinte sie, dass ihr das auch schon aufgefallen war und sie deshalb heute eine Sitzung bei Gernot nehmen wollte. Das löste bei mir größeres Unbehagen aus. Was würde er jetzt wieder als Grund herausfinden?

„Ich muss nur den männlichen Anteil meines inneren Kindes zu mir nehmen“, erklärte sie mir nach der Telefonsitzung mit ihrem Meister. „Gernot hat das sofort erkannt. Die Sitzung hat höchstens zwanzig Minuten gedauert.“

Und wiedermal 90 Euro gekostet, dachte ich, um diesen Schwachsinn herauszufinden!

Das Verblüffende war, dass sie danach wie ausgewechselt war. Sie hatte sich selten in den letzten Wochen so um mich bemüht wie nach dieser Telefonsitzung. Aber das dauerte leider nur bis zum nächsten Seminar, das vom 2.-4. Februar in Köln stattfand.

Sonntag, 4.2.2007

Während Pia beim Seminar in Köln war, hatte ich wieder Ihren E-mailaccount geöffnet. Nachdem ich beim letzten Mal dort nichts Nennenswertes gefunden hatte, waren meine moralischen Bedenken auf der Skala vorübergehend wieder bis 8 gestiegen.

Sie hatte Karsten nach der letzten Telefonsitzung geschrieben:

„Lieber Karsten,
die Sitzung heute war ganz wichtig für mich. Hatte so eine Angst davor. Habe den nächsten Schritt gemacht, der angestanden hat. Musste die Schnur von dir abschneiden, es war die Energie, die ich noch nicht selbst zur Verfügung hatte, die ich von dir so sehr gebraucht habe, und deswegen hat mich die Körperlichkeit zu dir immer unfrei gemacht.

Könnte Samstag Abend telefonieren. Wenn du Zeit hast, kannst du mir ja schreiben. Gehe Sonntag Abend wieder in den Nachtdienst, hatte jetzt lange Urlaub, hat mir so gutgetan.
In Liebe Pia"

In der Sprache, die Pia jetzt zu sprechen pflegte, konnte das alles Mögliche bedeuten. Auf jeden Fall bedeutete es, dass sich mich angelogen und mir nicht alles erzählt hatte. Ihr Seitensprung sei nur eine Einmaligkeit für ihre Befreiung gewesen, sie wäre nicht verliebt in ihn, und das sei alles lange vorbei, hatte sie mir versichert.

Gegen 20.00 Uhr kam sie nach Hause. Ihrem Gesicht sah ich an, dass sie Tränen vergossen hatte, viele Tränen.

„Was war denn los Pia, du hast geweint?", fragte ich sie.

„Ja, es war ganz schlimm. Gernot hat in der Abschlussmeditation Metatron (ein Engel der jüdischen Mythologie) heraufbeschworen. Der hat ihm offenbart, dass Seminare ab jetzt Pflicht für jeden sind. Da habe ich gemerkt, wie unfrei ich bin, weil ich dir versprochen habe, ab jetzt weniger zu gehen. Und dann hatte ich einen Zusammenbruch."

„Einen Zusammenbruch? Pia, unfrei machen dich höchstens Gernot und seine Engel. Ist dir noch nie aufgefallen, dass bei allem, was passiert oder angeordnet wird, Gernot immer Geld verdient?"

„Nein, Conny, so ist das gar nicht. Und überhaupt – ich werde auch bald Geld verdienen, wenn ich die Sonntagsmeditationen in Köln leite. Und was regst du dich auf. Ist doch mein Geld. Ich suche mir demnächst eine Nebentätigkeit. Wir leiden schließlich keinen Hunger hier."

„Was für einen Zusammenbruch hattest du denn?"

„Ich lag am Boden und habe minutenlang geweint, weil ich meine Unfreiheit erkannt habe. Trotz allem, was ich bisher versucht und getan habe, bin ich immer noch nicht frei von dir."

„Wenn du noch freier werden willst, sind wir bereits getrennt."

„Jedenfalls werde ich nächsten Monat nach Berlin fahren. Ich muss mir beweisen, dass ich frei genug bin, das zu tun, was ich tun will", sagte sie bockig.

„Ich habe sowieso nie geglaubt, dass du nicht fährst. Das ist alles viel zu durchsichtig. Erkenne doch endlich, was dich wirklich unfrei macht!", nahm ich nochmal Anlauf.

„Conny, du musst noch so viel lernen, du stehst erst am Anfang und hast überhaupt keinen Einblick in das, was im Lauf einer Weiterentwicklung von Gott alles verlangt werden kann."

Es hatte keinen Sinn. Jedes weitere Wort von mir hätte die Situation eskalieren lassen. Ich fragte sie nach den Sonntagsmeditationen.

„Das geht demnächst los. Die aus dem Norden treffen sich dann jeden Sonntag in Northeim bei der Gisela, die aus dem Süden bei Gernot in Traunstein und die aus dem Westen im Kölner Yogazentrum. Genau um die Mittagszeit meditieren wir dann gemeinsam und beschenken die Menschen in Deutschland mit göttlicher Energie. Die Kraft wird so gebündelt und extrem verstärkt. In Köln bin ich die Leiterin und bekomme dann von jedem ein bisschen was dafür."

„Jetzt willst du denen also auch noch Geld abknöpfen. Soweit ich weiß, pfeifen die doch eh schon alle aus dem letzten Loch!"

„Nee!", erwiderte Pia eilfertig, „die geben jeder nur soviel, wie es ihnen persönlich wert ist. Das ist auch nur symbolisch. Der Ausgleich muss sein, damit kein Ungleichgewicht entsteht."

Ich hatte genug für heute und wendete mich ab. Nur dieser eine Tag, nur das, was ich heute erfahren und gehört hatte, hätte mir vor einem halben Jahr ausgereicht, um mich freiwillig von ihr zu trennen. Aber man stumpft ab. Und genau wie sie, hing auch ich in meiner ganz eigenen Realität fest, in der ich felsenfest glaubte, dass ich sie früher oder später retten würde. Ich brauchte einfach einen Plan.

Wieder hatte Pia in dieser Nacht diese seltsamen Zuckungen, und wieder war ihr Laken nassgeschwitzt, als sie morgens aufstand. Die Seminare schienen sie fürchterlich mitzunehmen.

Morgens rief ich den Sektenbeauftragten der Katholischen Kirche von Südbayern an. Ein wirklich netter Mann, mit dem ich mich fast zwei Stunden unterhielt. Der hatte schon hunderte von diesen Fällen erlebt und wusste vor allen Dingen, wie sie ausgegangen waren.

„Herr Burger, nachdem Sie mir Ihren Fall geschildert haben, darf ich ganz ehrlich sein?"

„Natürlich, deshalb habe ich Sie angerufen."

„Wenn jemand so tief wie Ihre Frau in einer Sekte festhängt, bekommen Sie ihn im Normalfall nicht mehr raus. Wenn Sie ihr ein Ultimatum stellen, ist sie morgen mit den Kindern verschwunden. Rechtlich sind Ihnen sowieso die Hände gebunden. Das kann jahrelang so weitergehen, aber das halten Sie nicht aus. Ich kann Ihnen nur den Rat geben, für die Zeit nach der Trennung Vorsorge zu treffen."

„Wie meinen Sie das?", fragte ich.

„Ich will Ihnen nicht den Mut nehmen; kämpfen Sie weiter um ihre Frau. Aber Sie müssen auch ins Auge fassen, wie es in Ihrem Leben irgendwann ohne sie weitergeht. Solange der Scheidungskrieg nicht entbrannt ist, sollten Sie die Gelegenheit nutzen, alles zu regeln, damit Sie selbst nachher nicht ruiniert sind und ohne die Kinder dastehen. Ich habe oft genug erlebt, dass sich Männer nach der Scheidung krumm gearbeitet haben und doch nicht mehr in der Tasche hatten als das Existenzminimum."

„Haben Sie da einen Tipp für mich?"

„Wie Ihre finanzielle Situation aussieht, kann ich nicht beurteilen. Da müssen Sie selbst einen Weg finden. Aber wegen der Kinder: schreiben Sie alles auf. Wieviele Seminare Ihre Frau besucht, was die Kinder in dieser Zeit machen, was sie erzählt, heben Sie die SMS-Nachrichten auf.

Notieren Sie sich Adressen von Aussteigern. All das kann Ihnen irgendwann helfen, das Sorgerecht für Ihre Kinder zu bekommen.“

Ich bedankte mich für die klaren Worte und legte auf. Ich würde das für die Zukunft berücksichtigen müssen.

Samstag, 17.2.2007

Vor ein paar Jahren hatte ich bei Ebay ein Modellauto für die Carrerabahn meiner Jungs ersteigert. Wegen einer Frage hatte ich später Kontakt mit dem Verkäufer aufgenommen, und wir haben uns angefreundet. Er heißt Steve, fährt Motorrad und tickt so, wie ich Leute gerne ticken höre. Ein paarmal hatte ich ihn mittlerweile in seinem Dorf in der Magdeburger Börde besucht. Er hat eine sehr nette Familie. Seine Frau arbeitet als Pflegerin in einem Altenheim und Steve selbst macht alles mögliche. In erster Linie ist er aber Künstler – ein Genie mit der Airbrushpistole. Durch die Mitglieder in seinem Motorrad-Club hat er genügend Aufträge für Tanks, Schutzbleche, Autohauben usw. Für Mick hatte er auch schon einen Helm lackiert.

Steve hatte mich zu seinem 50. Geburtstag eingeladen. Vor der Feier in einem großen Landgasthof in der Börde warnte er mich:

„Wunder’ dich nicht über die Leute, die ich eingeladen habe. Sind aber alle o.k.!“

Es war nicht einfach, sich nicht zu wundern. Die Tische waren zu einem großen U aneinandergestellt. So nach und nach füllte sich der Saal. Die Menschen, die reinkamen und aussahen wie Ottonormalverbraucher, setzten sich alle an die rechte Seite des U's. Die, die aussahen wie Rocker, setzten sich gegenüber. Da ich beschlossen hatte, mir an diesem Abend mein Schlaflied von *Jack Daniels* singen zu lassen, stand ich ziemlich lange an der Theke, bevor ich mich setzte. Ein Platz war noch frei. Genau zwischen den Biedermännern und dem Präsidenten der *Bördeland Ghost Riders*. Es war also angerichtet für einen unterhaltsamen Abend.

Während des Essens kam ich mit meinem rechten Nachbarn, einem Mittvierziger von der Normalofraktion, ins Gespräch. Er war mit seiner zweiten Frau da. Bei der ersten wären ein paar Sicherungen durchgebrannt, erzählte er, als wir gerade beim Nachtisch waren. Die würde nur noch meditieren und sich irgendwelches Zeugs reinpfeifen. Er hatte sich das ein halbes Jahr angesehen, dann hätte er es nicht mehr ausgehalten und sie rausgeworfen.

Zufälle gibt's manchmal! Als ich ihm sage, dass ich das im Moment fast genauso erlebe, schüttelt er bedauernd den Kopf:

„Da kann ich dir leider keinen Rat geben. Als ich es damals bemerkt habe, konnte ich nicht mehr auf sie einwirken. Sie hat keine Diskussion angenommen, sondern einfach den Rolladen zugemacht. Heute ist sie ein Wrack. Skol!"

Zwei Leidensgefährten prosteten sich zu.

Inzwischen sorgten die Biker auf der linken Seite für gute Partystimmung. Sie hatten die Musik übernommen, respektive den DJ beurlaubt, und ließen es richtig krachen. *Born to be wild*, *Smoke on the Waters*, *Radar Love*. Auf der Tanzfläche ging die Post ab. Steve hatte recht. So unterschiedlich die Menschen auch waren, die da durcheinander wirbelten, sie verstanden sich vorzüglich.

Die Zeiger waren schon ziemlich weit vorgerückt, da winkte mich der Präsi der *Ghosts* zu sich heran:

„Ey du, sach mal", meinte der Zweimeterhüne, der mit seinem massiven Kinn und der blonden Mähne aussah wie ein germanischer Kriegsgott, „ich hab' vom Steve gehört, dass du ein paar Probleme hast. Möglich, dass wir da was für dich machen können."

Steve hatte es anscheinend gut gemeint. Da ich bis jetzt immer noch keinen Plan hatte, überlegte ich kurz.

„Was habt ihr denn so drauf?", fragte ich ihn dann neugierig.

„Wir treiben schon mal ausstehende Beträge ein. Ein bisschen Druck machen und so."

„Das wäre aber im tiefsten Bayern", entgegne ich.

„Das ist kein Problem. Ich könnte da drei Mann hinschicken. Die reden ihm dann einfach mal gut zu und überzeugen ihn, dass er „Stufe 2" nicht erleben möchte. Glaub' mir, dann hast du Ruhe vor dem Arsch!"

„Kostet mich?"

„Normal nehmen wir für so was 2000 Eier. Aber du biss'n Kumpel vom Steve. Kriegst noch'n Rabatt."

„Hhm, weiß nicht. Aber ich denk' drüber nach. Haste 'ne Telefonnummer?"

Der geschäftstüchtige Krieger kritzelte mir eine E-Mail-Adresse auf einen Bierdeckel.

„Nicht übers Telefon. Falls du aber eine endgültige Lösung bevorzugst, müsste ich dir ein paar Russen vermitteln. Da haben wir aber noch keinen richtigen Draht hin. Ich hab' nur gehört, dass die dir für 3000 jedes Problem abnehmen. Vielleicht nageln sie ihn dir sogar ans Kreuz, wenn du noch was drauflegst, haha. Billiger als eine Scheidung ist das allemal. Hau wech, den Scheiß!"

Mit einem vielsagenden Blick hob er seine Bierflasche und ich stieß mit ihm an.

Reichlich verkatert rollte ich mich am folgenden Morgen im Landgasthof aus meinem Bett. Der Bierdeckel mit der E-Mail-Adresse lag auf dem Nachttischchen. Ich nahm ihn in die Hand und ging auf den Balkon, um ein paar Züge der kalten Februarluft zu inhalieren. 3000, dachte ich und ein paar Kirgisen oder Tschetschenen würden Gernot einfach ausknipsen. Problem erledigt. Natürlich würde ich keinen Discountermord in Auftrag geben, aber es konnte wohl nicht schaden, mir einen in allen Einzelheiten auszumalen. Die Einschüchterungsnummer hatte keinen Platz in meiner Vorstellungswelt. Trotz der beängstigenden körperlichen Ausmaße des Präsidenten erschienen mir die Biker insgesamt zu harmlos. Ihre Kutten, Tattoos und langen Haare konnten nicht darüber hinwegtäuschen, dass sie eigentlich nur große Teddybären waren, die viel lieber Party machten, als den bösen Mann raushängen zu lassen. Da hätte ich gleich selber nach Traunstein fahren können. Wenn ich in meinem Zustand dem Lorenz mit einem Baseballschläger die Kniescheiben brechen würde, käme ich mit Sicherheit mit einer Bewährungsstrafe davon. Aber was sollte das bringen? Dann würde er sich zum Märtyrer aufschwingen und ich hätte bei einer Sorgerechtsverhandlung um die Kinder extrem schlechte Karten.

Nein, der Katholik von der Sektenberatung hatte schon recht. Es war langsam Zeit, mich gedanklich mit einem Leben „nach Pia" auseinanderzusetzten, auch wenn mir das so wenig schmeckte wie die Zigarette, die ich gerade ausdrückte.

Kapitel 10
Anna

Auf dem Rückweg hatte ich fast 500 Kilometer Zeit, mir zu überlegen, was wäre, wenn... Wenn ich Pia doch nicht ins wirkliche Leben zurückbringen könnte. Wenn wir uns scheiden ließen, was wäre dann mit den Kindern? Würde ich die Häuser verkaufen müssen und so weiter. Alles unvorstellbare Gedanken. Die Kinder würde ich ihr auf keinen Fall geben. Die Häuser konnte ich nicht so einfach verkaufen. Sie waren noch nicht abbezahlt und der Verlust wäre riesig. Wie sollte ich weiter Geld verdienen, wenn ich gleichzeitig auf die Jungs würde aufpassen müssen und dazu einen Haushalt schmeißen?

Diese Vorstellungen schnürten mir Hals und Brust zusammen. Die Spirale der scheinbaren Ausweglosigkeit hatte sich zu drehen begonnen, und ich musste mich zwingen, aus diesem ganzen Sumpf klare Ideen herauszuziehen. Was würde erstmal das Wichtigste im Fall einer Trennung sein? – Weiter ein Dach über dem Kopf zu haben, Büro und Werkstatt nicht verlagern zu müssen, also die Basis für den Broterwerb zu sichern.

Die Häuser gehörten auf dem Papier zwar uns beiden, doch hatte mir Pia schon bei der Planung des Neubaus gesagt, dass sie ihn nicht mitfinanzieren könne. Die zusätzliche Mehrbelastung mit dem entsprechenden höheren

Arbeitsaufwand blieb allein bei mir hängen. Ich beschloss, Pia zu fragen, ob sie ihn mir überschreiben würde.

Sonntag, 25.2.2007

Schon die ganze Woche hatte ich nach einer Möglichkeit gesucht, wie ich meiner Blume das nahebringen konnte. Du gehst nicht einfach zu deiner Frau und sagst ihr: Komm, lass uns mal einen Ehevertrag machen, wenn du 15 Jahre lang keinen gebraucht hast.

Es hatte endlich aufgehört zu regnen und Pia wollte an diesem Sonntagnachmittag vor die Tür. Kurzentschlossen zog ich mir ein Paar alte Stiefel an und ging mit ihr über die matschigen Waldwege hinter unserem Dorf. Schweigend waren wir schon eine ganze Weile nebeneinander her gegangen, als sie mich fragte:

„Conny – du willst doch was sagen!?"

„Ja, schon seit ein paar Tagen trag' ich das mit mir rum. Aber es ist schwierig, die richtigen Worte zu finden, ohne dass du sie falsch verstehst", antwortete ich ihr ohne Überraschung, dass sie es gemerkt hatte. Dafür kannten wir uns einfach zu gut.

„Also….?"

„Pia, ich hab' einfach Angst, dass wir das nicht schaffen und wir uns trennen werden. Dann verliere ich meine gesamte Existenz. Du weißt, wie hart ich für den Neubau geschuftet habe."

„Ja, weiß ich. Aber du wolltest ihn ja auch unbedingt. Mir war er nie wichtig.“

„Er ist Teil meiner Altersversorgung. Ich brauche ihn. Würdest du ihn mir überschreiben? Ich trete dir dafür meinen Rentenanspruch für die Ehejahre ab“, fragte ich sie jetzt, weil es keine bessere Gelegenheit mehr geben würde. „Wenn wir uns nicht trennen, ist sowieso alles bestens und wir bewohnen ihn weiter wie bisher. Dann ändert sich gar nichts. Wenn wir uns trennen, könnte ich wenigstens hier weiter wohnen und arbeiten.“

Zu meiner Überraschung antwortete sie:

„Ja, warum nicht? Ich kann ja auch im Altbau wohnen, falls es irgendwann nicht mehr gehen sollte. Wegziehen werde ich hier auf keinen Fall, so lange die Kinder nicht groß sind.“

Mir fiel eine Zentnerlast von den Schultern. Die meisten Probleme wären damit für den Fall einer Trennung gelöst. „Dann kann ich also einen Termin beim Notar machen?“

„Ja, kannst du. Aber ich glaube nicht, dass wir uns trennen werden. Ich habe dich nie mehr geliebt als in der letzten Zeit.“

Ich verstand diese Sprüche von ihr nicht. Das waren Worte, aber das Feeling dabei fehlte. Ich spürte diese Liebe nicht. Seit sie sich selbst als die „göttliche Liebe“ bezeichnete, hatten diese fünf Buchstaben eine gewaltige Inflation erlebt. Sie waren allgegenwärtig, standen unter jeder SMS, waren die Grußformel eines jeden Telefonats, und ihre E-mails waren auch alle mit „In Liebe“ unterzeichnet. Nach ihrer letzten SMS vorgestern hatte ich in Anlehnung an den alten Werner-Witz gesagt: „Unterschreibe nie wieder eine SMS an mich mit *In Liebe*. In Liebe heißt: Leck' mich am Arsch!"

Nein, ich konnte es einfach nicht mehr hören. Es klang inzwischen zu abgegriffen.

Auf dem Rückweg erzählte sie mir, dass Manuela Balga auch fremdgegangen war. Auf einem Seminar mit einem Typ aus Hamburg, der auch verheiratet ist. Sie hätte diese Erfahrung nach so vielen Ehejahren in bedingungsloser Treue einfach machen müssen. Sie wollte wissen, ob das mit ihrer sexuellen Gefühllosigkeit für ihren Mann auch bei anderen Männern so in Erscheinung tritt.

„Und?", fragte ich sie. „Liegt es an Gabor oder an Manuela?"

„Es scheint wohl an Manuela zu liegen. Sie hatte sich diesen Typ unbedingt eingebildet, aber es war wohl auch nicht anders als bei Gabor. Jetzt ist sie ziemlich fertig!"

Ich hätte wetten können, dass Gernot mit seinen Ressentiments gegen die gängigen Moralbegriffe dafür den Anstoß geliefert hatte. Und was hatte es außer Manuelas Gewissensbissen, die er nun in weiteren Einzelsitzungen therapieren konnte, gebracht? War eigentlich irgendwer bei diesem Haufen, der seinen Lebenspartner noch nicht beschissen hatte?

Montag, 26.2.2007

Morgens machte ich einen Termin mit dem Notar aus. Dann fuhr ich nach Aachen. Obwohl ich schon 1993 dort weggezogen bin, ließ ich aus alter Gewohnheit immer noch meine Buchführung in der Kaiserstadt machen. Dadurch ergab sich manchmal die Möglichkeit, alte Kontakte zu pflegen. Heute war ich mit Anna zum Mittagessen verabredet.

Anna und ich waren über vier Jahre ein Paar gewesen und hatten vor fast zwanzig Jahren eine Traumhochzeit im malerischen Rothenburg/o.T. geplant. Wenige Tage vor dem Termin ließen wir die Feier zum Entsetzen aller Verwandten und Freunde jedoch platzen. Ein gutes Jahr haben wir es dann noch zusammen geschafft, bevor wir uns friedlich trennten. Sie hatte damals ziemlich schnell Ersatz für mich gefunden und geheiratet. Mittlerweile war sie wieder geschieden und lebte mit ihrer vierzehnjährigen Tochter in einer schicken 3-Zimmer-Wohnung, von wo ich sie um die Mittagszeit abholte. Über drei Jahre hatte ich sie nicht mehr gesehen.

„Hallo Conny!", rief sie und drückte mir rechts und links einen Kuss auf die Wangen.

„Grüß dich, Anna, gut schaust du aus!"

„Danke, ich hatte ein paar Tage frei und Gelegenheit mich zu erholen!", lachte sie mich an.

„Wo gehen wir hin? Zum Türken in der Mozartstraße oder zu unserem Italiener?", fragte ich sie hungrig.

„Den Türken gibt's schon lange nicht mehr. Lass uns in die Pontstraße fahren."

Im Auto fing sie an, mich auszuquetschen. Frauen brauchen für gewöhnlich nicht lange, um dir die wichtigsten

Neuigkeiten zu entlocken. Sie hatte uns mit ihrem Exmann ein paarmal besucht und kannte Pia ein bisschen.

„Nein, das kann ich nicht glauben, Conny!“

„Kannst du ruhig, Anna. Ist leider so!“

„Aber Pia – nee, das gibt es doch nicht!“

Mittlerweile waren wir in der Pontstraße angekommen. Wie immer fand ich dort nirgends einen Parkplatz und musste noch eine Runde drehen, bevor ich einparken konnte. Es hatte wieder zu regnen begonnen.

„Lass uns erstmal reingehen. Ich hab' leider keinen Schirm dabei.“

Wir legten die paar Meter im Laufschritt zurück und drückten uns schnell in die warme Gemütlichkeit des Restaurants, das überwiegend von Studenten besucht wurde.

„Ich hab' auch eine Freundin, die in so einer Sekte festhängt. Die fährt jeden Monat einmal nach Holland zu einem Treffen.“ Dann schaute sie mich verschwörerisch an. „Du, die ziehen sich da allen möglichen Müll rein, um besser mit Gott in Kontakt treten zu können. LSD, Ecstasy, Gras – die stehen da aber dazu. Du kennst doch die ganzen Sprüche vom „Transzendentalem Ich“, Bewusstseinserweiterung und so weiter. Die heben dann ein ganzes Wochenende ab und glauben, Gott dabei näher gekommen zu sein. Die haben alle ein Rad ab!“

„Du bringst mich da auf was, Anna. Dass ich da nicht schon längst selber drauf gekommen bin!“

Dann erzähle ich ihr von Pias Halluzinationen, der Erscheinung bei ihrem Spaziergang, und als sie der Meinung war, ihre eigene Göttlichkeit hätte sie mit dem Finger berührt. Die körperlichen Symptome dabei, die Atemnot sowie der Schweißausbruch und dass Gernot es angeblich schon vorher wusste.

„Klarer Fall", meinte Anna darauf, „der hat denen was gegeben. Anders lässt sich das nicht erklären."

„Und nun glaubt Pia auf Grund dieser Erlebnisse, das wäre alles echt, was ihr von Gernot erzählt wird."

„Wenn du das beweisen kannst, Conny, kommt er in den Knast. Aber wo soll der in Traunstein an das Zeug kommen? Der fällt doch in jeder Beschaffungsszene auf, wie ein Schwarzer bei der Jahreshauptversammlung des Ku-Klux-Klans."

„Hmm, da kommt Techno-Fan Karsten wieder mal ins Spiel. Der ist mir sowieso suspekt. Taucht immer dort auf, wo eine Frau angeschossen ist und sagt von sich selbst, dass er öfter mal 'ne Nacht durchravt. Die hauen sich doch fast alle Ecstasy in die Birne. Karsten muss auch nichts für die Seminare zahlen. Vielleicht besorgt *er* Gernot den Stoff?"

Eine Zeitlang diskutierten wir noch die Für und Wider der Drogentheorie. Unsere Eigenerfahrungen mit illegalen Betäubungsmitteln beschränkten sich allerdings auf ein bisschen Gras- und Haschischrauchen. Ich würde mich erstmal ausführlich informieren müssen.

Das Gespräch mit Anna hatte meiner geschwundenen Zuversicht, Pia retten zu können, enormen Auftrieb verschafft. Fröhlich wie lange nicht fuhr ich nach Hause zurück.

Den ganzen nächsten Tag verbrachte ich damit, im Internet nach halluzigenen Drogen zu suchen, die heimlich verabreicht werden konnten. Denn eins war klar: Pia hätte nie aus eigenen Stücken und bewusst Drogen eingenommen. Sie entsorgte selbst Penizillin, das ihr der Arzt verschrieben hatte, in der Toilette und nahm stattdessen ihre homöopathischen Globulis. Mit Ausnahme von Karsten sahen auch die anderen Figuren der Gruppe nicht so aus, als wenn sie freiwillig Drogen einnähmen.

Zutreffend für Pias Schilderungen und Symptome waren die Ecstasy Form MDMA sowie GHB, besser bekannt als Liquid Ecstasy, das allerdings chemisch anders aufgebaut und kein wirkliches Ecstasy ist. Beide Formen lösen je nach Einnahmemenge aber ähnliche Reaktionen aus. Sie wirken in niedriger Dosierung entaktogen, das heißt eigene Emotionen werden intensiver wahrgenommen. Es treten „Wiedererkennungseffekte" in Gruppen auf, das Zusammengehörigkeitsgefühl und die soziale Bindung werden gefördert. Bei höherer Dosierung können sie zu situationsbezogenen Halluzinationen, Herzrasen und Atemnot führen. Außerdem steigert GHB das Sexualverlangen und wirkt bei Frauen stärker als bei Männern.

Ich war schockiert. Je mehr ich las, desto mehr Puzzlesteine fügten das Bild zusammen. Die Nebenwirkungen und Entzugserscheinungen überzeugten mich vollends, dass Pia auf den Seminaren ohne ihr Wissen mit dem Zeug vollgepumpt wurde. Muskelzittern, Schweißausbrüche, verschobener Monatszyklus, Übelkeitsanfälle, kein Hungergefühl, alles trat bei ihr auf. Sie hatte erzählt, dass sie und ihre Freundinnen auf den Seminaren so gut wie nie Hunger verspürten und beim Essen immer viel Geld sparen würden. Ihr Monatszyklus war nun schon zum zweiten Mal um ein paar Tage verschoben, und seit kurzem wurde ihr beim Autofahren regelmäßig schlecht.

In einem Anwenderbericht erfuhr ich, dass GHB auf keinen Fall mit Alkohol eingenommen werden darf, weil sonst Lebensgefahr bestünde und dass man es mit ausreichend Flüssigkeit konsumieren muss. Gernot legte Wert darauf, dass sie immer viel von dem Wasser trinken würden, das aus einer nahen Alpenquelle besorgt wurde. Jeder hatte seinen eigenen Becher und Alkohol war auf den Seminaren ein absolutes Tabu.

Ich musste mit ihr reden. Alles, was hier stand, wirklich alles, ohne Ausnahme, traf bei ihr zu. Das konnte sie trotz ihres Fanatismusses nicht ignorieren.

Bisher hatte sie das, was ich ihr versucht hatte, über ihre Gruppe nahezubringen, immer verharmlost und abgetan. Ich wollte einen geeigneten Moment für dieses Gespräch abwarten. Am besten einen, in dem sie direkt mit den Entzugserscheinungen konfrontiert wurde. In ein paar Tagen war schon wieder ein Seminar. So lange konnte ich auch noch warten.

Kapitel 11
Beim Hausarzt

Montag, 5.3.2007

Der Tag begann damit, dass Pia wieder das durchgeschwitzte Laken von unserem Doppelbett abzog. Sie war mit Karin, der Stewardess, übers Wochenende zum Seminar nach Berlin geflogen. Die Nächte dort hatten sie bei einer Freundin von Karin verbracht. Wegen Karsten hatte mich das einigermaßen beruhigt. Als ich sie gestern Nacht am Flughafen Köln-Bonn abholte, schien sie dennoch ziemlich verdreht und distanziert. Mir war das relativ schnuppe. Seit für mich feststand, dass sie zusätzlich zur monatelangen Gehirnwäsche ohne ihr Wissen Drogen untergejubelt bekam, bemitleidete ich sie nur noch. Was würde mit ihr geschehen, wenn sie das ganze Ausmaß dessen begriff, was man ihr angetan hatte. Vergewaltigung traf es vielleicht am ehesten. Sie war eine verdammt starke Frau. Trotzdem würde ein Therapeut einige Zeit brauchen, bis sie wieder halbwegs normal war.

Ich hatte mit Manfred wegen Carola gesprochen. Er hatte sie vor sechs Wochen von einer Therapie gegen ihre Angstzustände überzeugt, an denen sie seit dem zwangsweisen Ausstieg litt. Obwohl Carola nur ungefähr ein halbes Jahr Gernots Manipulationen ausgesetzt war, konnte sie sich immer noch nicht von dem Gedanken freimachen, dass Gott ihr zürnte. Nicht, dass sie inzwischen nicht verstanden hätte, dass sie nur Lügen aufgesessen war. Nur saß es viel zu tief in ihrem Unterbewusstsein, als dass sie es einfach loslassen konnte. Sie hatte Albträume und Depressionen, aber der Psychologe war guter Dinge, dass sie restlos gesund werden würde. Zur Zeit gab es keinen Kontakt zwischen den Zwillingsschwestern. Das machte ihr ebenfalls zu schaffen.

Pia und ich wollten an diesem Tag nach Koblenz fahren und uns für die Wohnzimmerfenster einen neuen Vorhang machen lassen. Nachdem wir eine kleine Skizze angefertigt und die Maße aufgeschrieben hatten, sind wir in mein Auto gestiegen. Ich war noch keine fünfzehn Kilometer weit gekommen, da ließ sie schon ihr Seitenfenster herunter:

„Mir ist schon wieder schlecht. Ich vertrage das Autofahren nicht mehr!"

„Mhh, ich wollte dir dazu auch schon mal was sagen," entgegnete ich.

„Ich bin gespannt, was jetzt wieder von dir kommt!" Ihre Wortwahl und ihr Tonfall implizierten, dass sie schon wusste, dass ich jetzt gleich einen Zusammenhang zu ihrer Gruppe und Gernot herstellen würde. Ungeachtet dessen, dass die Zeichen schlecht standen, fuhr ich fort:

„Ich sag' jetzt nicht, dass es so ist; ich möchte dich nur auf ein paar Fakten hinweisen. Von alleine wäre ich gar nicht drauf gekommen, aber Anna hat mir von ihrer Freundin erzählt, die ebenfalls regelmäßig so eine Gruppe besucht, und die nehmen Drogen ein, um Gott leichter begegnen zu können. Eine unwissentliche Einnahme, kannst du..."

„Du willst doch jetzt nicht allen Ernstes behaupten, dass wir Drogen nehmen?", unterbrach sie mich harsch.

„Es deutet aber vieles darauf hin.“

„So, und was bitteschön?“

Gut, dass ich dieses Gespräch im Auto begonnen hatte. Zu Hause würde sie gleich das Zimmer verlassen haben.

„Überleg doch mal. Die ganzen Symptome, die du nach den Seminaren hast. Dass dir beim Autofahren übel wird, dass sich deine Menstruation verschoben hat, dass du heute wieder die halbe Nacht lang gezittert und geschwitzt hast, das sind alles Anzeichen von Entzug. Und die Halluzinationen mit deiner Göttlichkeit, die Atemnot, die du dabei hattest, sind ja auch deutliche Anzeichen dafür.“

„Du bist komplett übergeschnappt in deiner Abneigung gegen das, was ich tue. Ich hab' dir schon mal gesagt, dass ich keinem Menschen mehr vertraue als Gernot. Alles, was er tut, macht er aus Liebe und ist von Gott gelenkt. Das würde er niemals machen. Uns heimlich Drogen geben – du spinnst vollkommen. Müll mich bloß nicht weiter mit deinen negativen Energien zu. Ich will nichts mehr davon hören!“, giftete sie mich an.

„O.k., ich hör' auf. Aber tu mir wenigstens den Gefallen und achte in Zukunft darauf, ob etwas seltsam schmeckt, das du dort zu dir nimmst.“

Den Rest der Strecke sprach sie kein Wort mehr.

Ich war wieder einmal keinen Millimeter weitergekommen. Ich würde es ihr also gegen ihren Willen beweisen müssen.

Noch einmal durchforstete ich abends das Internet. Welche Möglichkeiten gab es, den Konsum von MDMA und GHB aufzudecken? GHB konnte man nur mit speziellen Blut- oder Urintests innerhalb weniger Stunden nachweisen. Danach zerfällt es im Körper zu Kohlenstoffdioxid und Wasser. MDMA kann man mit Hilfe eines Haartests noch nach Monaten aufdecken. Haare würde ich sammeln können, aber wie kam ich an eine wenige Stunden alte Urinprobe meiner Frau? Und wer konnte so etwas testen?

Dienstag, 6.3.2007

Bevor ich mich morgens auf den Weg zu einem meiner Auftraggeber machte, fuhr ich bei meinem Hausarzt vorbei. Den konnte ich so gut leiden, dass ich mich fragte, warum wir nicht schon lange mal auf ein Bier oder so losgezogen sind. Dass er mich nicht nur deshalb mochte, weil ich Privatpatient war, bewies er mir, nachdem ich ihm erklärt hatte, worum es ging und ihm das Plastiktütchen mit den mühsam im Bad zusammengesammelten 15-20 Haaren meiner Blume zuschob.

„Ich schick' die Haare zu unserem Labor. Mal sehen, was die sagen. Über die Kosten einigen wir uns auf dem kurzen Dienstweg. Das steht dann nicht in der Krankengeschichte im Computer. Rufen Sie mich doch einfach Ende nächster Woche mal an."

„Ich danke Ihnen, Herr Doktor!"

„Kein Problem, Herr Burger – ich wünsche Ihnen viel Kraft in der nächsten Zeit!"

Da mein Laptop anders stand, als ich es verlassen hatte, schaute ich abends mal wieder nach Pias E-Mails. Wenig später wünschte ich mir, ich hätte nie damit angefangen, hinter ihr herzuspionieren. Eingegangen war keine, aber im Postausgang war eine an Karsten gespeichert, die sie heute morgen abgeschickt hatte:

„Lieber Karsten,
freue mich so sehr über dieses Wochenende, freue mich so sehr über mein tiefes Fühlen. Bin so dankbar für alles was passiert, merke es geht voran und alle gehen in ihre Aufgabe und nähern sich an. Dieses Wochenende war so sanft, so voller Liebe und Zartheit. Gott freut sich über alle und alles. Das Fühlen für dich ist wieder ganz zurückgekommen. Es ist wieder eine große Aufgabe für mich, es in dieser Form zu fühlen, weil es so stark und mächtig ist. Ich habe meine Aufgabe bestanden, dich ganz loszulassen und habe dieses „dich nicht mehr fühlen zu können" ganz angenommen und respektiert. Ich weiß, dass es für dich manchmal noch nicht zu verstehen ist, warum diese Aufgabe dich ganz loszulassen, so lange gedauert hat und ich es nur in Etappen machen konnte. Du wirst es verstehen wenn dein Herz ganz auf ist und du fühlen kannst wie tief und mächtig diese Verbindung zwischen uns ist und ich werde immer für dich da sein und dir meine Hand reichen und dir helfen. Habe keine Angst es wird so wundervoll wenn du dein Herz ganz öffnest und ich freue mich so unendlich wenn es irgendwann so weit ist und du diesen Schritt wagst, bin so unendlich glücklich über dein Hiersein, über dein Herz, über deine Liebe die du bist, über deine Stärke und dafür, dass ich dir hier wieder begegnen durfte. Du bereicherst mein Leben und ich weiß es wird wie ein Vulkanausbruch sein, wenn wir verschmelzen

und der Segen wird unendlich groß sein und es ist für die Ewigkeit und er ist für alle und alles.

Danke für dich

Pia"

Mehr noch als über die Zeilen, die sie an Karsten geschrieben hatte, war ich über mich selbst enttäuscht. Darüber, wie ich mich verändert hatte unter dem Druck der Ereignisse. Wie ich merkte, nach und nach meine Stärke zu verlieren, wie mich das Ganze aussaugte und zu etwas machte, das ich nicht war, nie sein wollte, das anscheinend dennoch in mir schlummerte und jetzt aufgedeckt wurde. Was hatte ich in den letzten Wochen alles für Gefühle über mich ergehen lassen. Aus Ohnmacht und Eifersucht war ich zum Lügner geworden. Ich habe Hass gefühlt, der mich hätte töten lassen, wenn es nur unentdeckt bliebe. Ich überprüfte Telefonrechnungen und las heimlich E-Mails von der Frau, die ich liebte, obwohl ich wusste, dass sie krank und nicht zurechnungsfähig war. Ich wollte endlich raus aus diesem Irrenhaus, wollte mein Leben zurück und wieder der sein, den ich kannte und mochte. Den, der ich jetzt war, begann ich langsam zu verabscheuen. Während mir Tränen des Selbstbedauerns durchs Gesicht liefen, beschloss ich, diesen Drogentest durchzuziehen und – falls er negativ ausfiel – sie danach in Ruhe zu lassen. Ich würde den Notarvertrag mit ihr abschließen und mich von ihr trennen. Es war allemal besser, sie, als meine Identität zu verlieren. Ich brauchte meine Kraft für mein Leben. Wenn sie sich unbedingt kaputtmachen wollte, konnte ich es nicht mehr verhindern.

Montag, 19.3.2007
Da ich wegen eines Auftrages in Bayern war, kam ich erst jetzt dazu, meinen Hausarzt anzurufen.

„Hallo Herr Burger, leider habe ich keine guten Nachrichten für Sie. Das Labor kann keine Haaruntersuchung machen. Außerdem wird für so eine Untersuchung ein ganzes Büschel gebraucht. Mit einzelnen Haaren geht das nicht. Labore, die auf so etwas spezialisiert sind, können Ihnen bei einem positiven Befund dafür aber dann auch sagen, in welchem Zeitraum die Drogen konsumiert wurden."

„Hmm, schade, können die denn einen Urintest auf GHB machen?", fragte ich ihn.

„Danach habe ich mich auch erkundigt. Grundsätzlich können sie das. Wie Sie ja schon wissen, müsste das eine frische Probe sein und der Konsum dürfte nicht länger als ein paar Stunden zurückliegen. Wenn Sie die morgens in der Praxis anliefern, ist sie mittags im Labor. Da ist aber kaum noch etwas nachzuweisen." Er machte mir nicht viel Mut. Außerdem musste ich noch daran tüfteln, wie ich unmittelbar nach einem Seminar an eine Urinprobe von Pia kam.

„Aber wenn ich Ihnen eine am Montag den 26. vorbeibringe, schicken Sie sie ins Labor?"

„Ja klar, unter dem Vorbehalt, dass die nichts finden, auch wenn Ihre Frau was eingenommen hat. Der Zeitfaktor ist da sehr entscheidend. Ehrlich gesagt, kann ich mir kaum vorstellen, dass der Guru am Sonntagabend noch heimlich Drogen verteilt, wenn die meisten gleich mit dem Auto nach Hause fahren. Alles, was morgens eingenommen wird, kann das Labor am nächsten Tag nicht mehr nachweisen."

„Sie haben recht, aber momentan bin ich so verzweifelt, dass ich es trotzdem versuchen will. Ich melde mich bei Ihnen!“

„Ist in Ordnung Herr Burger, auf Wiederhören.“

„Auf Wiederhören, Herr Doktor!“

Ich nahm mir vor, ihn mal auf ein Bier einzuladen, wenn die ganze Sache gut ausginge.

Danach googelte ich nach einem Labor, das einen Haartest durchführen konnte. Ich wurde beim Forensisch Toxikologischem Centrum in München fündig. Bei meinem Anruf erklärte mir ein freundlicher Professor, dass ich die Haarsträhne mit einer Bescheinigung eines Arztes, dass sie von mir stammt, einschicken müsste. Ich bekäme dann eine Rechnung über 180 Euro, und sobald das Geld eingegangen sei, untersuchen sie die Haare auf Cannabis, Designerdrogen, Cocain, Opiate, Barbiturate und so weiter. Etwa nach 14 Tagen bekäme ich das Ergebnis auf dem Postweg.

Im Schein einer Taschenlampe schnitt ich noch in dieser Nacht meiner schlafenden Blume eine Locke ab. Als ich damit am nächsten Tag beim Arzt meines Vertrauens auftauchte, um mir die Bescheinigung geben zu lassen, dass er sie mir gerade abgeschnitten hätte, lachte er mich an.

„Gut, dass die nicht sehen, was ich jetzt sehe!“, meinte er mit einer Handbewegung auf meinen kahlen Schädel. Ich rasierte mir den Kopf nämlich schon seit nahezu 10 Jahren, als mir Ende dreißig die Haare langsam ausgingen. Mir gefiel es einfach besser und Pia fand es sexy.

Ich hoffte, dass die im Rahmen der Untersuchung keine DNA-Analyse machten und herausfanden, dass es sich nicht um männliche, sondern weibliche Haare handelte. Sonst hätten der Doc und ich Probleme kriegen können. Er zerstreute meine Bedenken.

„Ach was, wenn da wirklich was kommt, habe ich die hier einfach versehentlich vertauscht. Das Gegenteil können sie nicht beweisen, also verläuft das im Sand. Aber das werden die gar nicht merken."

Ich gab ihm 10 Euro und bedankte mich. Danach fuhr ich in mein Büro und tütete die Haare für das FTC in München ein. Vier Tage später kam die Auftragsbestätigung mit der Zahlkarte. Ich überwies das Geld umgehend.

Wie ich an die Urinprobe käme, hatte ich mir mittlerweile auch schon ausgedacht.

Sonntag, 25.3.2007

Am Wochenende war wieder das Yogazentrum in Köln der Ort, an dem sich Gernots Jünger versammelten. Ich hatte es in den letzten Tagen vermieden, mit Pia nochmal über den Weg ins Licht zu sprechen. Unsere Meinungen über Spiritualität lagen einfach zu weit auseinander, als dass es noch einen gemeinsamen Nenner gab. Meine Hoffnungen lagen auf den Drogentests. Wenn dabei nichts rauskommen würde, hatte ich den Krieg verloren.

Als sie gegen halb zehn nach Hause kam, schenkte ich ihr eine Tasse Jasmintee ein, den ich gerade aufgebrüht hatte.

Genau genommen kochte ich seit einer Stunde Wasser, in der Hoffnung, dass sie bald auftauchen würde. Ich wollte unbedingt, dass sie abends nochmal tüchtig trank, bevor sie ins Bett ging. Kurz nachdem sie sich neben mich gelegt hatte, war sie auch schon eingeschlafen. Ich wartete noch eine Zeit lang. Sie begann wieder zu zittern. Es konnte doch nicht sein, dass sie regelmäßig nach den Seminaren vier bis fünf Nächte lang zappelte und schwitzte und das dann einfach so aufhörte, um sich nach dem nächsten Seminar zu wiederholen, ohne dass da Drogen im Spiel waren.

Als ich mir sicher sein konnte, dass sie tief eingeschlafen war, rollte ich mich vorsichtig aus dem Bett und ging zur Abstellkammer. Ich holte mir ein kleines, leeres Marmeladenglas mit Deckel aus dem Regal und die große Injektionsspritze, die ich dort vorher verstaut hatte. Dann drehte ich im Badezimmer das Wasser für die Toilettenspülung ab und drückte die Taste des Spülkastens, um ihn vollständig zu entleeren. Mit der Spritze saugte ich das verbliebene Wasser weitestgehend aus der Toilette und legte mich, nachdem ich das leere Glas hinter einem Stapel Handtücher versteckt hatte, wieder ins Bett.

Wie erwartet, weckte mich meine Blume kurz vor sieben.

„Conny, kannst du mal nach der Toilettenspülung schauen, da kommt kein Wasser raus!"

Normalerweise liebte ich es, auf diese Art gebraucht zu werden. Da weißt du als Mann, warum du mit praktischem

Geschick geboren wurdest und eine handwerkliche Ausbildung gemacht hast. Allen Männern, die keinen Wasserhahn austauschen können, kein startunwilliges Auto flott kriegen und kein Dübelloch in eine Bimswand bohren können, sei gesagt, dass ihnen in diesem Leben wirklich etwas entgeht. Für diesen ungeheuchelt aufrichtigen dankbaren Blick aus Frauenaugen würde ich meinen Werkzeugkoffer meilenweit schleppen.

Heute Morgen tat ich es nicht für einen Blick. Natürlich hatte sie erst gemerkt, dass kein Wasser kam, als sie ihr Geschäft bereits verrichtet hatte. Ich stand auf und ging ins Bad. Da sie mir neugierig gefolgt war, musste ich sie loswerden. Ich drückte ein paarmal erfolglos die Spültaste und sagte zu ihr:

„Da muss ich den Kasten aufmachen. Vermutlich blockiert der Schwimmer das Ventil. Du, ich muss mal dringend, kannst du kurz rausgehen?"

Nachdem sie das Badezimmer verlassen hatte, schloss ich zur Sicherheit die Tür ab. Dann öffnete ich geräuschvoll den Deckel vom Wasserkasten und holte das Glas und die Spritze aus dem Versteck. Die Wasserzuleitung aufzudrehen, ihren Morgenurin aus dem Knie der Toilette abzusaugen und den Spülkasten wieder zu verschließen, hatte höchstens zwei Minuten gedauert. Das war alles viel einfacher gegangen, als ich dachte.

Eine gute Stunde später stand das Marmeladenglas auf dem Schreibtisch meines Hausarztes. Er grinste mich an:

„Wie haben Sie das denn jetzt wieder geschafft, Herr Burger?“

„Das wollen Sie nicht wirklich wissen, Herr Doktor!“

„Doch schon, man weiß ja nie, wofür man es nochmal brauchen kann!“

Ich erzählte kurz die Geschichte und konnte ihm natürlich nicht böse sein, dass sie ihn offensichtlich ziemlich erheiterte. So dunkel die Momente eines Lebens für den Einen sind, so komisch erscheinen sie für den Nächsten. Als ich weitersprach, wurde er sofort wieder ernst.

„Sie hat wieder gezittert und geschwitzt heute Nacht. Genau wie nach den letzten Seminaren. Das dauert immer drei, vier, vielleicht fünf Tage, dann hört es auf. Sie behauptet, das käme von den emotionalen Anstrengungen bei den Seminaren. Sie will es einfach nicht sehen.“

Mein Doktor gab mir recht:

„Halte ich vom medizinischen Standpunkt auch für ausgeschlossen. Es kann zwar mal passieren, dass nach seelisch aufwühlenden Ereignissen eine körperliche Reaktion auftritt. Aber nicht in dieser Häufung und mit diesen eindeutigen Symptomen wie Schweißausbrüchen, Muskelzuckungen, Menstruationsverschiebung und Übelkeit, die genau die Entzugserscheinungen der in Frage kommenden Drogen darstellen. Zumal Sie mir ja auch von den Halluzinationen Ihrer Frau berichtet haben, die der Guru angeblich vorhergesehen hat. Ich habe schon gehört, dass diese Leute vor nichts zurückschrecken. Ich hoffe für Sie, dass wir es auch beweisen können.“

Damit verabschiedeten wir uns. Das Ergebnis der Untersuchung sollte Ende der Woche bei ihm eintreffen. Er versprach, mich anzurufen, sobald er es hatte.

Kapitel 12
Einzelsitzung

Freitag, 30.3.2007

Pia hatte gerade angekündigt, dass sie gleich eine telefonische Einzelsitzung mit Gernot machen würde, als es auf der Büroleitung klingelte. Mein Hausarzt war dran:

„Guten Morgen, Herr Burger!"

„Guten Morgen, Herr Doktor!"

„Leider konnte das Labor nichts finden. Wenn GHB verwendet wurde, liegt der Zeitpunkt der Einnahme zu lange zurück, und es war bereits abgebaut. Aber das hatten wir ja schon so vermutet."

„Schade, es war ein Versuch. Hoffentlich findet das FTC beim Haartest etwas", antwortete ich ihm gefrustet.

„Ich drücke Ihnen jedenfalls die Daumen, Herr Burger. Bitte rufen Sie mich an, wenn Sie das Ergebnis haben!"

„Wir fahren nächste Woche für ein paar Tage weg. Ich glaube nicht, dass ich von denen vorher noch was höre. Aber ich melde mich. Ach so, wie machen wir das mit den Kosten für den Urintest?"

„Kein Problem. Das geben Sie mir einfach, wenn Sie das nächste Mal hier reinkommen, Herr Burger. Ich wünsche Ihnen noch einen schönen Urlaub."

„O.k.. Bis dann, Herr Doktor!"

„Auf Wiederhören!"

Da schon vorher feststand, dass ein Konsum von niedrig dosiertem Liquid Ecstasy kaum nachzuweisen war, hielt sich meine Enttäuschung in Grenzen. Zudem stand ich mitten in den Vorbereitungen für Micks Testfahrt in Barcelona und dem ersten Rennen der neuen Saison in Brünn. Der Wohnwagen musste durchgesehen werden, der Transporter brauchte dringend eine Inspektion, der Notartermin war nächsten Dienstag, und ich hatte den Kopf voll mit hundert Kleinigkeiten, die außerdem noch erledigt werden mussten.

Pia hatte Mick schon Weihnachten versprochen, dass sie das Osterseminar in Traunstein auslassen und mitkommen würde. Je näher der Abreisetermin kam, an dem sie zum ersten Mal seit langem ein Seminar auslassen wollte, desto unruhiger wurde sie. Ihr gereiztes Verhalten und ihre fahrigen Bewegungen erinnerten mich an einen Junkie, der merkte, dass ihm langsam der Stoff ausging. Vorgestern hatte sie Mick mit der Äußerung, dass sie lieber nach Traunstein fahren würde, als die Reise mit uns zu machen und sie nur mitkäme, weil sie es versprochen hätte, ziemlich vor den Kopf gestoßen. Die Kinder hatten ihre Wandlung längst bemerkt. Dass ihre Mutter die Meditationen und Seminare über alles andere stellte und sie manchmal sogar ein ganzes Wochenende allein zubringen mussten, wenn ich zeitgleich wegen eines Auftrags verreist war. Bisher hatte aber noch keiner der beiden Pia darauf angesprochen.

Gegen Mittag stattete sie mir einen Besuch in meinem Büro ab. Ihrem Gesicht war anzusehen, dass Gernot sie bei der Einzelsitzung, die sie vermutlich wegen der vorauseilenden Entzugserscheinungen genommen hatte, wieder auf dumme Gedanken gebracht hatte:

„Ich kann so nicht weiter neben dir herleben, Conny. Ich fühle mich vollkommen unfrei."

Ich hatte keine Ahnung, wie sie ausgerechnet darauf gekommen war, wo sie sowie nur noch das tat, was sie wollte. Deshalb antworte ich wahrheitsgemäß:

„Unfrei – verstehe ich nicht, Pia! Du ziehst doch alles durch, was dir gerade in den Sinn kommt. Wenn ich dir zu irgendetwas meine Meinung sage, ignorierst du sie konsequent. Du hast dich zu einem Mega-Ego entwickelt, obwohl du nach eigener Aussage und Gernots Lehre eigentlich das Gegenteil anstrebst."

„Ja genau, das ist es, das meine ich doch!", entgegnete sie. „Neben dir spüre ich immer, was du von dem hältst, was ich tue. Dass du vieles nicht billigst und für falsch hältst. Das macht mich unfrei, weil ich permanent mit dieser Kritik leben muss. Auch wenn du nichts sagst, merke ich dir an, was du darüber denkst. Und wie du Rosi, Manuela, Bettina und Marion gestern angesehen hast, als wir fertig waren. Jede gab mir fünf Euro für die wunderschönen Erlebnisse, die sie in der Meditation hatten, und du schaust sie an, als ob sie in die Klappsmühle gehörten."

Ich wollte ihr jetzt nicht sagen, dass sie eigentlich alle fünf in die Klappsmühle gehörten und ich schon Pläne geschmiedet hatte, wie ich zumindestens sie dorthin bekäme. Deshalb erwiderte ich:

„Ach, ich denke eher, du hast dich schon deshalb unfrei gefühlt, weil du uns versprochen hattest, mitzufahren und das jetzt bereust. Sei doch wenigstens zu dir selbst ehrlich. Deswegen hast du doch Gernot angerufen und die Sitzung gemacht. Ich wollte übrigens auch mal eine Sitzung bei ihm machen, weil ich denke, dass er vielleicht einen guten Rat hat, wie wir unsere Ehe noch retten können."

Der Einfall war mir in diesem Moment gekommen. Nicht, dass ich Gernot zugetraut hätte, dass er wirklich etwas retten wollte. Dann hätte er es schon viel früher getan. Aber ich wollte wissen, was er in diesen sagenhaften Einzelsitzungen tatsächlich anstellte, dass alle auf ihn reinfielen.

Ob sich ihre Augen deshalb weiteten, weil sie einmal mehr erkannt hatte, dass ich in ihr wie in einem Buch lesen konnte oder ob sie überrascht war, dass ich eine Sitzung machen wollte, konnte ich nicht sagen. Im Gegensatz zu ihren Augen versuchte der Rest von ihr, unbeeindruckt zu wirken:

„Kannst du gerne machen. Ich gebe dir nachher seine Telefonnummer. Aber ich muss mich erstmal von dir lösen. Sonst war die ganze Arbeit, die ich bisher geleistet habe, umsonst. Ich hab' nicht wochenlang für meine Befreiung gelitten, damit ich jetzt wieder bei Null anfangen kann", entgegnete sie betont gleichgültig.

„Und was hast du vor? Du wärst doch nicht gekommen, wenn du nicht schon etwas beschlossen hättest", antwortete ich.

„Ich ziehe nach drüben. Ich trenne mich erstmal von dir. Kann sein, dass ich zurückkomme, wenn es wieder besser läuft, aber im Moment möchte ich lieber für mich leben."

„Aber auf die Tour kommst du doch mit? Das wirst du den Kindern nicht antun, oder?"

„Ich habe lange überlegt, aber du hast recht, das kann ich ihnen nicht antun. Ich hab's nun mal versprochen."

„Gut, aber dann tu' mir den Gefallen und erkläre ihnen, warum du rüberziehst und wie das in der Zukunft weitergehen soll. Mir fehlen dafür die Worte."

„Ja, ist gut, mach' ich", sagte sie, bevor sie verschwand.

Sonntag, 1.4.2007

Pia hatte noch am Freitag die notwendigsten Sachen, die sie brauchte, zusammengepackt und war damit in den Altbau gezogen. Töpfe, Pfannen, Geschirr und Besteck hatte sie geteilt, und ihre Kosmetika waren aus dem Badezimmer verschwunden. So ein Bad sieht ziemlich verwaist aus, wenn eine Frau „das Notwendigste" rausräumt. Mein Aftershave und die Zahncremetube wirkten recht verloren in dem relativ großen Raum. Fast hatte ich das Gefühl, es könnte ein Echo geben, wenn ich beim Duschen singen würde. Aber danach war mir zur Zeit nicht zu Mute.

Auf dem Küchentisch fand ich einen Zettel mit Gernots Telefonnummer, darunter seine Bankverbindung und die Zahl 90 mit dem Eurozeichen dahinter. Pia war anscheinend der Meinung, dass ich ihren Guru dafür entlohnen würde, dass er uns auseinandergebracht hatte. Das lag aber nicht in meiner Absicht.

Am frühen Nachmittag rief ich ihn an.

„Hallo Gernot, Conny hier, der Mann von Pia."

„Grüß Gott, Conny. Pia hat mich gestern schon informiert, dass du mich sprechen möchtest."

„Ja, ich dachte mir, du kannst uns vielleicht helfen. Unsere Beziehung bricht gerade auseinander. Pia wohnt seit vorgestern im Altbau. Ich fürchte um unsere Ehe."

„Alle kommen jetzt in ihre Prozesse", antwortet er im sonoren Tonfall eines Predigers. „Die ganze Welt ist im Umbruch. Ich schlage dir vor, wir machen eine Einzelsitzung. Kannst du dir das Telefon irgendwie am Kopf befestigen? Vielleicht mit einem Schal, dann gehen wir zusammen in Meditation."

Pia hatte mir schon erklärt, wie sie das immer machte. Da ich aber nicht ernsthaft vorhatte, für diesen Blödsinn auch noch wie ein mumpskranker Inder mit Turban auszusehen, behielt ich das Telefon in der Hand und sagte einfach:

„Ich hab's schon festgebunden."

Und dann begann Gernot:

„Gut, dann gehen wir zuerst in die Entspannung, atmen tief ein … und aus …, tief ein … und aus …, tief ein … und aus … . Jetzt gehen wir in die Kristallpyramide. Dort legen wir uns auf den Kristalltisch und werden vom Kristall an der Decke mit der kupfernen, silbernen, goldenen, diamantenen und der Sternenenergie bestrahlt. … Dann kommt noch das violette Feuer der Reinigung und Transformation. … Metatron und der Erzengel Michael sind jetzt an deiner Seite. ... Wenn Metatron da ist, geht immer alles sehr schnell! Was geht dir als erstes durch den Kopf?" …

„Meine Mutter!", flüsterte ich. Die fiel mir spontan ein, weil sie fantastisch kochen konnte und ich heute Mittag nur ein paar Ravioli aus der Büchse hatte.

„Was hat denn deine Mutter mit deiner Beziehung mit Pia zu tun – nichts! Nimm dein inneres Kind in deine Hände!"

„Hab ich."

„Wie fühlt es sich?"

„Ein bißchen einsam", erwiderte ich mit Anspielung auf mein zerrüttetes Verhältnis zu Pia.

Da bricht es aus ihm heraus und er fährt mich an:

„Das ist es! Du hast deine Frau nur geheiratet, weil du Angst vor Einsamkeit hast! Das ist aber keine wahre Liebe! Trenne dich von ihr. Bist du bereit, den ewigen Kreislauf aus ungezählten Leben endlich zu durchbrechen und frei für die wahre Liebe zu werden? Pia hat sich dir in diesem Leben nur zur Verfügung gestellt, damit du dieses Problem lösen kannst. Willst du dich aus diesen Verstrickungen endlich befreien?"

Eigentlich war mir in diesem Moment eher danach, aufzulegen, mich in mein Auto zu setzten, *ACDC*-Musik in den Player zu schieben und die 650 Kilometer nach Traunstein zu fahren, um ihn windelweich zu prügeln. Das hätte von der Zeit her heute gerade noch gepasst. Dann könnte er bereits morgen sein Frühstück durch eine Schnabeltasse im Kreiskrankenhaus schlürfen. Ich glaube, das einzige, das mich in diesem Moment abgehalten hatte, waren die Konsequenzen, die es für die Kinder im Falle einer Scheidung gegeben hätte. Dann wären sie möglicherweise auch noch irgendwann unter seiner Fuchtel gelandet. Also sagte ich nur:

„Ja, will ich!“

„Dann nimm das Schwert von Erzengel Michael und durchtrenne damit die Taue, die euch verbinden. …. Hast du das?“

Ich bestätigte es ihm: „Ja, habe ich.“

„So, nun bist du frei! … Ich lasse dich noch einen Moment in der Meditation verharren und lege jetzt auf. Moment, – ich bekomme gerade eine Anweisung von Gottvatermutter – fahrt nicht nach Spanien – kommt zum Seminar nach Traunstein, das ist eine einmalige Chance für euch! Auf Wiederhören!“ ….

Kapitel 13
Barcelona und Brünn

Freitag, 6.4.2007

Um die Stimmung für die 4000 Kilometer, die wir zusammen im Transporter innerhalb der nächsten 10 Tage vor uns hatten, nicht schon zu Hause zu töten, hatte ich kein Wort über die Sitzung mit Gernot verloren. Wir sprachen nach ihrem Umzug in den Altbau sowieso nur über die für den Ablauf notwendigen Dinge und gingen uns ansonsten aus dem Weg. Sie hatte die Lebensmittel besorgt und im Wohnwagen verstaut, und ich war den ganzen Vormittag damit beschäftigt, das Motorrad, die Ersatzteile und das Werkzeug im Transporter unterzubringen.

So um die Mittagszeit fuhren wir ab. Normalerweise war das für mich einer der Höhepunkte des Jahres. Das Warten auf die neue Saison war endlich vorbei, unser Material gut vorbereitet, und Mick hatte den Winter über ein intensives Konditions- und Krafttraining gemacht, das für ihn von einer auf Leistungssportler spezialisierten Fitness- und Rehaorganisation ausgearbeitet worden war. Doch dieses Jahr konnte ich es nicht genießen. Es gelang mir seit einiger Zeit nicht mehr, positive Momente in Freude und damit in Lebensenergie und Kraft umzusetzen. Ich funktionierte nur noch.

Während wir mit unserem Gespann die A48 Richtung Luxemburg runterrollten, musste ich an den Notartermin am vergangenen Dienstag denken. Natürlich war es nicht ausgeblieben, dass der Notar mich fragte, warum ich so eine seltsame Besitzaufteilung für zwei Häuser auf einem Grundstück brauchte. Er konnte sich noch an Pia und mich erinnern, weil er damals, als wir in den Westerwald gezogen waren, den Hauskauf für uns abgewickelt hatte. Der Notar war genauso fassungslos wie alle anderen, die so nach und nach erfuhren, was mit meiner Blume passiert war. Schließlich hatte er mir zugesagt, einen Vertrag aufzusetzen, der es so regelte, wie ich es mit Pia vereinbart hatte. Es würde aber etwas dauern.

Tim und Mick saßen hinten auf der Rückbank und vertrieben sich die Zeit mit ihren Gameboys. Sie waren inzwischen beide gute Mitfahrer. Zehntausende von Kilometern, die wir in den letzten Jahren auf den Fahrten zu den Rennstrecken einsammelten, hatten ihnen die Frage: „Wann sind wir endlich daaa?" schon lange abgewöhnt. Bis wir die Grenze bei Wasserbillig erreichten, hatte Pia kaum gesprochen. Sie war damit beschäftigt, eine SMS nach der anderen in ihr Handy zu tippen. Anscheinend wollte sie auf diese Weise den Kontakt zu den anderen Sektenmitgliedern, die sich morgen zum einwöchigen Osterseminar in Traunstein treffen würden, aufrecht erhalten. Als ich an der Tankstelle hielt, um den billigen luxemburgischen Diesel einzufüllen, fragte sie mich:

„Was kostet eigentlich eine Auslands-SMS?"

Ich hatte keine Ahnung. Bei den paar Nachrichten, die ich bisher aus dem Ausland geschrieben hatte, waren sie auf den Rechnungen nie ins Gewicht gefallen. Pia und ich hatten einen Partnervertrag für unsere Handys, und sie gab mir immer ihren Anteil, wenn die monatliche Forderung der Telefongesellschaft kam. Für die nächste Abrechnung schwante mir bereits jetzt schon Böses.

Die Nacht verbrachten wir auf einem Parkplatz kurz hinter Lyon. Pia schlief im Wohnwagen neben Tim ein. Mick lag neben mir und beschwerte sich, dass ich nach dem Zähneputzen noch eine geraucht hatte. Die Kinder mochten es nicht, dass ich seit ein paar Monaten an den Glimmstängeln hing. Ich, ehrlich gesagt, auch nicht, aber das war zur Zeit mein kleinstes Problem. Wenn das Forensische Centrum in der Haarprobe von Pia nichts finden würde, wäre meine Ehe Geschichte. So, wie die Situation jetzt war, konnte uns dann nichts mehr helfen. Die Antwort wird im Briefkasten liegen, wenn wir nach Hause kommen, dachte ich und zwang mich einmal mehr zur Ruhe.

Am nächsten Tag kam tatsächlich noch so etwas wie Urlaubs- und Reisestimmung in mir auf. Bei strahlendem Sonnenschein fuhren wir durch die Provence, und als wir Avignon passierten, sorgte die Erinnerung an frühere Motorradtouren für eine Gänsehaut auf meinem Rücken. Fast war es, als konnte ich den Pinienduft, der uns damals durch die Nase zog, als wir im T-Shirt auf unseren Maschinen durchs Ardechetal cruisten, wieder riechen.

Pia riss mich mit einem Mal aus meinen Gedanken:

„Wunderschön! Hier würde ich gerne alt werden. Die Atmosphäre, die die Landschaft verbreitet, durchdringt alles. Hier geht doch auch irgendwo der Jakobsweg entlang. Vielleicht mache ich demnächst mal diese Pilgerreise. Ich hab' schon einiges drüber gelesen. Muss irre sein."

„Du bist zum ersten Mal hier unten, oder?"

„Wir sind mit meinem Vater hier schon mal durchgefahren, als wir zu einem Badeurlaub nach Spanien wollten, aber ich kann mich nicht mehr erinnern. Es ist einfach traumhaft."

Von da an war das Eis gebrochen und Pia sprach wieder mit uns. Sie tippte zwar immer noch fleißig ihre Nachrichten nach Traunstein ins Handy, aber der Krampf des ersten Tages war gelöst.

Den *Circuit de Catalunya* in Barcelona erreichten wir am späten Nachmittag. Nachdem wir den Wohnwagen abgehängt und das Montagezelt davor aufgebaut hatten, ging ich mit Mick zur Einschreibung und meldete ihn für drei Trainingstage an. Er wirkte bedrückt:

„Die Mama ist bloß mit ihrem Handy beschäftigt. Mit der kann man kaum vernünftig reden!"

„Weißt du, ich glaube, sie vermisst nur ihre Leute, die jetzt auf dem Seminar sind", antwortete ich ihm beruhigend.

„Aber als wir in Calafat waren, hat sie uns in der ganzen Zeit nur zwei SMS geschickt."

Was sollte ich da noch sagen? Wo er recht hatte, hatte er recht. Am Abend wollte er das Problem auf seine Weise lösen und es kam zum Eklat. Pia und ich waren nach dem Abendessen noch eine Runde durchs Fahrerlager gegangen, um Motorräder anzuschauen und ein wenig mit anderen

Fahrern zu reden. Als wir zurückkamen, griff Pia als erstes nach ihrem Mobiltelefon. Aber sie konnte es nicht einschalten. Ihr Pincode funktionierte nicht mehr. Mick gab kleinlaut an, er hätte ein bisschen damit spielen wollen und „versehentlich“ dreimal den falschen Code eingegeben. Meine Blume tobte. Die Vorstellung, jetzt acht Tage lang von ihrer Gruppe abgeschnitten zu sein, war unerträglich für sie. Nachdem sie Mick mit endlosen Schimpftiraden überschüttet hatte, verließ sie weinend den Wohnwagen. Auch wenn mir ausnahmsweise mal wirklich zum Lachen war, tat sie mir leid und ich ging ihr nach.

„Pia, warte, uns wird schon was einfallen!“, rief ich ihr hinterher.

„Was soll uns da schon einfallen?“, schluchzte sie. „Es lässt sich nicht mehr einschalten!“

„Wie wäre es, wenn du meins nimmst?“

Erstaunt schaute sie mich an. „Das würdest du machen? Aber das nützt nichts. Ich habe die Nummern ja nicht im Kopf. Die sind alle eingespeichert.“

Obwohl es mir widerstrebte, sagte ich:

„Weißt du denn, wo du den PUK zum Freischalten zu Hause hingelegt hast?“

„Ja, der ist in dem Karton auf dem Regal in der alten Küche.“

„Die Nicole hat doch für Notfälle einen Haustürschlüssel von uns. Ich schicke ihr eine SMS, dass sie mir den Code simsen soll. Das macht sie bestimmt.“

Da war er wieder, dieser Blick. So, als wenn ich gerade ein verstopftes Klo freigelegt hätte. Nur war ich mir diesmal nicht sicher, ob die Reparatur besser aufgeschoben worden wäre. Nicole war Pias beste Freundin und sie mailte den Code noch an diesem Abend.

Mick war begeistert von der Strecke in Barcelona, aber ihm schien der Sturz von Calafat noch in den Knochen zu stecken. Zu meiner großen Freude fuhr er für seine Möglichkeiten nämlich diesmal ziemlich verhalten. Er machte keinen Fehler, gewöhnte sich langsam wieder an die Kurvengeschwindigkeiten und steigerte sich kontinuierlich mit jedem Turn. Am letzten Tag war er dann schon wieder richtig flott unterwegs. Seit er Rennen bestritt, hatte ich noch nie an seinem Potenzial gezweifelt, aber mit welcher Leichtigkeit ihm das Motorradfahren wirklich von der Hand ging, erfuhr ich, als wir auf der Weiterfahrt von Barcelona ins tschechische Brünn an einer Tankstelle eine Pinkelpause einlegten. Pia und Tim mussten nicht. Während ich mit Mick zur Toilette schlenderte, sagte er:

„Sie hat schon wieder das Handy in der Hand. Die hört gar nicht mehr auf damit. Papa, die hat mir in Barcelona beim Fahren gar nicht zugesehen. Jedes Mal, wenn ich nach der Gegengeraden die Linkskurve anbremste, habe ich sie auf der Tribüne SMS tippen gesehen. Die spinnt doch vollkommen!"

Ich war sprachlos. Nicht, weil ihm Pia nicht zugeschaut hatte. Die Tribünen stehen dort rechts, etwa 20 Meter von der Strecke entfernt, auf der Außenseite der Fahrbahn. Mick dürfte dort im 5. Gang mit ca. 200 km/h angekommen sein. Dann extrem hart bremsen, vier Gänge runterschalten und links herum einbiegen. Da hätte kein normaler Mensch Zeit, noch einen Blick nach rechts auf die Tribüne zu riskieren, um eine einzelne Person zu identifizieren, geschweige denn auch noch zu sehen, was die gerade machte.

„Schau beim nächsten Mal lieber auf die Piste. Rennen fahren ist auch so schon gefährlich genug!", antwortete ich ihm verdattert.

„Kein Problem, Paps, das war ganz easy!"

Sonntag, 15.4.2007

Der Masaryk-Ring in Brünn, Schauplatz vieler Weltmeisterschaftsläufe, ist vom Streckenlayout her nicht besonders schwierig zu lernen. Seine Besonderheit ist vielmehr, dass er wegen der außergewöhnlichen Streckenbreite sehr hohe Kurvengeschwindigkeiten erlaubt. Deshalb ist es besonders für Neulinge, wie Mick trotz seiner Minibike-Erfahrung einer war, nicht einfach, sich darauf einzustellen. Er stand nach dem Training mit fünf Sekunden Rückstand auf dem für ihn ungewohnten 18. Startplatz in der vierten Reihe.

„Ich kann noch zulegen, da geht noch was!", tönte er optimistisch, bevor er sich den Helm aufsetzte.

„Riskier' nicht zu viel. Du fährst hier gegen lauter alte Hasen. Die machen das schon viel länger als du", gab ich ihm als gut gemeinten Rat mit. „Ich halte dir die Boxentafel mit deiner Platzierung und dem Vorsprung auf den hinter dir liegenden Fahrer ab der dritten Runde raus."

„Is' o.k., schieb mich an. Ich fahr' schon mal in die Startaufstellung."

Pia war mit Tim zu einer der Naturtribünen im Infield gegangen. Ich suchte mir einen freien Platz an der Boxenmauer und legte mir die Täfelchen mit den Nummern und Buchstaben zurecht. Wie immer kurz vor einem Rennen, breitete sich eine alles beherrschende, fast schmerzhafte Nervosität in mir aus, die erst verschwinden würde, wenn die karierte Flagge am Rennende geschwenkt wurde. Ich hatte mit vielen anderen gesprochen, Vätern, Betreuern, alle empfanden es gleich. Und jene, die ehrlich genug waren, gaben zu, dass sie sich, genau wie ich, in diesen Momenten auch oft gefragt hatten, warum sie sich dem überhaupt aussetzten. Vielleicht, weil das Glücksgefühl der Erlösung danach umso aufputschender war. Wie eine Droge, vor allem, wenn du einen erfolgreichen Fahrer coachst.

Mick hatte einen guten Start und kam nach der ersten Runde bereits als Elfter durch. Eine Runde später war er Fünfter. Das war die Position, die ich ihm in der nächsten Runde, zusammen mit dem Vorsprung +1, verabredungsgemäß raushalten sollte. Ich schob die entsprechenden Nummern in die Schienen der Boxentafel und machte mich bereit. Aber Mick kam jetzt schon als Zweiter, mit einem Abstand von etwa 150 Metern auf den Führenden bei mir vorbei. So nach und nach feilte er jede Runde ein paar Meter des Rückstands weg. Als es in die vorletzte Runde ging, klebte er am Hinterrad des Leaders. Sie hatten sich über 20 Sekunden vom Rest des Feldes abgesetzt. Nach dem bisherigen Verlauf standen die Chancen verdammt gut, dass Mick gewinnen würde. Meine Nerven waren bis an die Zerreissgrenze gespannt. Einfahrt zur letzten Runde – sie kamen beide vorbei und Mick hatte wieder 50 Meter verloren. Aus, vorbei, wahrscheinlich hatte er einen Fehler gemacht und irgendwo eine weitere Linie fahren müssen. Das konnte er jetzt nicht mehr aufholen. Aber ein zweiter Platz im ersten Rennen auf der 125er wäre ja auch nicht schlecht gewesen.

Ich lehnte die Tafel an die Innenseite der Mauer und wartete auf den Zieleinlauf. Gute zwei Minuten brauchten sie für eine Runde. Nach 1:30 heftete sich mein Blick an die letzte Kurve. Warten, 1:50, 2:00, und ich traute meinen Augen nicht, als ich unser knallgelbes Motorrad zuerst kommen sah. Mit einem Vorsprung von 10 Metern raste Mick als Sieger über den Zielstrich. Er war im finalen Umlauf die schnellste Zeit des Wochenendes gefahren und hatte im Infield seinen Konkurrenten direkt vor den Augen von Pia und Tim ausgetrickst. Es war wohl seine ganz persönliche Art, seiner Mutter zu sagen, wohin sie besser ihre Aufmerksamkeit lenken sollte.

Kapitel 14
Das Ergebnis

Montag, 16.4.2007

Es war vier Uhr morgens, als wir zu Hause ankamen. Pia und die Kinder schliefen seit dem späten Abend im Transporter. Die Euphorie über Micks phänomenales Rennen hatte bei mir soviel Endorphin ausgeschüttet, dass ich die 800 Kilometer ohne Pause durchgefahren war. Ich holte die Zudecken aus dem Wohnwagen und verteilte sie auf die Betten im Haus. Pias Plumeau brachte ich an ihren neuen Schlafplatz in ihrem Meditationszimmer. Als ich es ausbreitete, dachte ich an den Haartest und wünschte mir, dass der Unsinn bald ein Ende nähme. Dann weckte ich meine Lieben und passte auf, dass keiner stolperte, während er schlaftrunken ins Bett wankte.

Nicole hatte unsere Post aus dem überquellenden Briefkasten geholt und auf den Küchentisch gelegt. Ich suchte in dem riesigen Stapel Papier, der hauptsächlich aus Zeitungen und Werbung bestand, nach dem Brief, an dem meine letzten Hoffnungen hingen. Da war der Umschlag. Weiß, DIN-lang, mit Fenster. Absender: Forensisch Toxikologisches Centrum München. Ich wendete ihn mehrmals und überlegte, ob ich ihn aufmachen sollte. Ich war in so guter Stimmung, dass ich beschloss, sie noch eine Weile zu genießen und den Umschlag zuzulassen. Morgen wäre früh genug.

Ich nahm noch eine kurze Dusche, putze mir die Zähne und legte mich ins Bett.

Als ich aufwachte, war das Haus leer. Die Kinder waren in der Schule und Pia vermutlich einkaufen gefahren. Nach dem Anziehen kochte ich mir einen starken Kaffee. Während er durch den Filter lief, schlich ich immer wieder zu dem Stapel mit der Post und öffnete alles, mit Ausnahme des Briefes aus München. Ich hatte eine Scheißangst vor dem Inhalt. Schließlich nahm ich ihn mit ins Büro und legte ihn auf meinen Schreibtisch, bevor ich mich daran machte, den Transporter und den Wohnwagen auszuräumen.

Ich war gerade dabei, das Bike auszuladen, als Pia mit ein paar Einkaufstüten zurückkam.

„Morgen Conny! Weißt du wo die Wochenzeitschriften sind? Die hätten doch im Briefkasten liegen müssen."

„Nicole hat alles rausgeholt, weil er überfüllt war. Die liegen oben auf dem Küchentisch", antwortete ich verwundert. Erstens, weil sie unsere Trennung anscheinend sehr genau nahm und sich heute morgen, als ich schlief, nicht in unsere, vor kurzem noch gemeinsame, Küche getraut hatte und zweitens, weil sie diese Käseblättchen vorher noch nie gelesen hatte. Ich verkniff mir eine Frage danach.

„Du musst dir noch was zum Essen holen. Ich hab' nur für mich und die Kinder eingekauft. Ich habe heute morgen den Kühlschrank in der alten Küche eingesteckt. Glaubst du, dass ich die Sachen hier jetzt schon reintun kann?"

„Keine Ahnung, wird schon gehen. Sollen die Kinder jetzt immer bei dir essen?", fragte ich sie. So langsam begriff ich, was die Trennung für Konsequenzen hatte.

„Ja, habe ich mir so gedacht. Das Kindergeld geht eh auf meinem Konto ein und das nehme ich erstmal fürs Essen. Wenn ich damit nicht auskomme, sag' ich dir Bescheid. Außerdem bin ich ja fast immer hier. Da ist es besser, wenn *ich* mich um sie kümmere."

Ah so, und wenn sie Nachtdienst hatte und auf Seminaren war, durfte ich den Versorger spielen. Sie hatte es in den ganzen Jahren nie geschafft, ein Haushaltsbuch zu führen. Wie sollten wir das in Zukunft auseinanderdividieren?

Aber noch war es nicht so weit. Ich stellte die Honda auf der Hebebühne in der Werkstatt ab und ging durch die Schwingtür in mein angrenzendes Büro. Ich wollte den Brief aufmachen, das positive Testergebnis rausholen und ihr den Zettel unter die Nase halten, während sie gerade die Joghurts in den alten Kühlschrank stapelte. Ob sie dann kollabierte oder nicht, war mir in diesem Augenblick schnurzegal. Auf den gottverdammten Seminaren nahm sie es ja auch andauernd in Kauf. Es war Zeit, dass sie mal in einen richtigen Prozess kam – in den Aufwachprozess!

Ich riss den Umschlag auf:

Sehr geehrter Herr Burger!
In der Anlage erhalten Sie bla, bla, bla…
Ich schaute auf das zweite Blatt.
Getestet wurde auf:

Tetrahydrocannabinol:	negativ
Codein:	negativ
Dihydrocodein:	negativ
Morphin:	negativ
Noscapin:	negativ
Papaverin:	negativ
Thebain:	negativ
MDMA:	negativ
MDEA:	negativ
MDA:	negativ
Methadon	negativ
Benzodiazepine:	negativ
Cocain:	negativ

O.k. – ich war im Arsch. Wenn man verloren hatte, musste man es sich auch eingestehen. Man kann darüber heulen oder es in sich reinfressen. Tränen hatte ich keine mehr.

Die ganze Zeit war es fast wie ein Spiel gewesen. Pia war der Einsatz und Gernot und ich spielten nacheinander unsere Karten aus. Am Anfang dachte ich noch, dass ich das bessere Blatt in der Hand hielt. Unsere Familie, unsere Existenz, unsere Geschichte und Erinnerungen schienen mir Trümpfe zu sein, die reichen sollten, um am Ende zu gewinnen. Was ich dabei vergessen hatte, war, dass er meine Karten schon kannte, als das Spiel begann. Vielleicht hatte ich sie auch in der falschen Reihenfolge gelegt, aber das zählte jetzt nicht mehr. Nachkarten gilt nicht. Wie es aussah, ging es ab heute nur noch darum, wie hoch mein Verlust ausfallen würde. Denn Pia war für Gernot nur so wertvoll wie das Geld, das sie mitbrachte. Und wenn der Dicke glaubte, ich würde sie ihm mit meinem halben Vermögen geben, hatte er sich verrechnet. Bevor es so weit kam, würde er Besuch von ein paar Russen bekommen.

Die Tage, die wir zusammen mit den Kindern unterwegs gewesen waren, hatten uns noch weiter voneinander entfernt. Sie legte keinen Wert mehr auf Nähe oder das „Wirgefühl", das eine Familie zusammenhält. Bei jeder Gelegenheit sonderte sie sich ab, ging alleine im Wald spazieren, wo sie sich auf einen Baumstumpf setzte und meditierte. Ich merkte, wie mir nach und nach die Kraft ausging, sie noch zu lieben. In ihrem Sektendeutsch betonte sie, ich solle sie endlich loslassen. Mit der Art, wie ich sie liebte, könnte sie nichts mehr anfangen. Das wäre keine richtige Liebe, nur Besitzdenken. Sie wollte frei sein von mir.

Dienstag, 15.5.2007

Also ließ ich sie los. Ich kümmerte mich nicht mehr um das, was sie machte, verrichtete meine Arbeit, schraubte abends an Micks Rennmaschine und traf mich gelegentlich mit Hermann und Markus aus dem Nachbardorf zum Billiard- oder Skatspielen. Sie kochte für sich und die Kinder, nur meine Wäsche wusch sie noch mit. Unsere Waschmaschine stand in der alten Küche, und sie wollte wohl nicht, dass ich einen Grund hatte, in den Altbau, der seit einem Monat ihr alleiniges Reich war, zu kommen. Mick und Tim ertrugen die neue Situation kommentarlos. Sie hatten in ihrem Freundeskreis in der Vergangenheit schon erlebt, dass sich Eltern trennten und waren vermutlich froh, dass wir wenigstens noch beide im Haus waren.

Warum sie die Zeitungen gebraucht hatte, erfuhr ich, als ich ihr die Handyrechnung für 160 SMS aus Spanien und Tschechien präsentierte.

„Ab nächsten Monat habe ich einen Nebenjob in Dernbach. Dann pflege ich viermal in der Woche für drei Stunden eine alte Frau und verdiene mir noch was dazu. Wenn die Kinder aus der Schule kommen, bin ich schon wieder zurück."

Hermann hatte mich beim letzten Treffen gefragt, was ich jetzt weiter machen wolle. Wir haben ein bisschen diskutiert und er meinte, er würde Pia jetzt mal mit den Auswirkungen ihrer ganzen Thesen konfrontieren.

„Bisher hast du doch alles geschluckt und hast Rücksicht genommen, weil du der Meinung warst, dass sie krank ist. Jetzt hat sie sich endgültig getrennt. Wieso suchst du dir nicht 'ne Freundin und wenn es bloß was zum Bumsen ist? Im Internet gibt's doch genügend Plattformen, wo du so was findest. Ich hätte ihr den Zahn schon längst gezogen, dass sie in ihrer Freiheit machen kann, was sie will, und du nur zuschaust."

„Ach Hermann", antwortete ich, „noch mehr Stress, als ich im Moment schon habe, brauche ich wirklich nicht. Außerdem hänge ich ja noch an ihr. So blöd sich das anhört, bis jetzt fühlte ich mich immer noch an mein Eheversprechen gebunden."

„Ich hab' dir schon im Januar gesagt, dass du dich irgendwann scheiden lässt. Dein heldenhafter Kampf in Ehren, aber du hattest keine Chance. Normalerweise trennen sich Leute wegen wesentlich weniger."

Irgendwie hatte das was. Auch wenn ich noch nicht so weit war, mich auf eine andere Frau einzulassen, konnte ich zumindest so tun, als ob. Pia neigte seit jeher zur Eifersucht. Nachdem ich sie kennenlernte, wurde das schnell offensichtlich, und so vermied ich es, sie in entsprechende Situationen zu bringen. Ich rief von unterwegs regelmäßig zu Hause an, meldete mich aus den Hotels immer nochmal kurz, bevor ich ins Bett ging und schaute grundsätzlich keiner anderen Frau auf den Hintern. Selbst wenn sie nicht dabei war. Wenn man sich das einmal angewöhnt hatte, klappte es von alleine.

Am nächsten Morgen meldete ich mich bei Friendsscout an. Nicht mit dem kostenpflichtigen Premium Account, mit dem man Kontakt zu anderen Mitgliedern aufnehmen konnte. Aber für das, was ich vorhatte, reichte es erstmal.

Ich suchte, bis ich eine geeignete Dame fand. Lange blonde Haare, 41 Jahre, hübsches Gesicht. Ich lud das Portraitfoto auf meinen Rechner, druckte es in Passbildgröße auf Fotopapier aus, schnitt es zurecht und legte es neben das Laptop, das Pia immer noch benutzte, um ihre E-Mails zu lesen, wenn ich unterwegs war. Damit es nicht zu auffällig erschien, verdeckte ich das Bild zur Hälfte mit einer Visitenkarte und einem Kugelschreiber.

Der lächelnde blonde Versuchsballon hatte jetzt etwa eine Woche dort gelegen. Wie eine Mausefalle mit einer Haselnuss unter dem Bügel, die irgendwann zuschnappt, wenn man sie schon fast vergessen hatte. Keine Ahnung, wann sie ihn bemerkte.

Ich war früh zu Bett gegangen, weil ich am Mittwoch ein paar Plakate in Würzburg fotografieren sollte und zeitig aufstehen musste. Ich schätze, es war halb elf, als es an der Schlafzimmertür klopfte und Pia mit ihrem Bettzeug hereinkam.

„Ich hab' das Gefühl, du hast es jetzt geschafft, mich loszulassen."

„Du hast mir keine Wahl gelassen", gab ich verdutzt zurück.

„Lass uns doch versuchen, das, was wir haben, in Freiheit zu leben."

„So, wie du es möchtest, werde ich es nicht schaffen, Pia."

„Conny, nimm einfach das jetzt und denk' nicht immer an die Zukunft."

Und schon hatte sie sich eng an mich gedrückt und ihre Arme um meinen Rücken geschlungen.

„Oh Jessie you always do this every time I get back on my feet
Jessie, paint your pictures about how it's gonna be
By now I should know better your dreams are never free...
And I listened to her promise,
I swear to God this time it's gonna last"[4]

 [4] *Aus „Jessie" von Joshua Kadison, ©1993 Capitol Records Inc.*

Kapitel 15
Der Vertrag

Seit fast einem Monat lag sie nun wieder neben mir. Auf der einen Seite war es schön, ihre vertraute Nähe zu spüren, wenn sie einfach nur Frau war. Alles, was sie machte, geschah mit einer unglaublichen Hingabe und Liebe. Anfang Juni hatte sie mit der Pflege der alten Dame aus Dernbach begonnen, und ihren Erzählungen nach waren die beiden schon ein Herz und eine Seele.

Auf der anderen Seite wurden die Meditationen, Telefonsitzungen und Versammlungen für mich immer unerträglicher. Ich sah in jeder einzelnen eine Sprengmine, die unsere neue, zerbrechliche Allianz pulverisieren konnte.

Jeden Sonntag machte sie sich auf, um mit einer Handvoll Gleichgesinnter um Punkt zwölf Uhr im Kölner Yogazentrum positive Energien auf die Menschheit herabzubeschwören. Ihre esoterische Ausdrucksweise und Art, Dinge zu interpretieren, nervten mich maßlos und es gab keine Zweifel, dass wir kurz vor der endgültigen Trennung standen. Wenn nicht irgendetwas passierte, das sie aufwachen ließ, gab ich uns keine zwei Monate mehr.

„This is the end, you know
Lady, the plans we had went all wrong...
... There's no more rabbits in my hat to make things right
Out of my life, out of my mind

Out of the tears, we can't deny
We need to swallow all our pride
And leave this mess behind...“[5]

Schon seit Wochen ging mir dieser Song nicht mehr aus dem Kopf. Der Beat war klasse und der Text hätte von mir sein können. Ich hatte keine Kaninchen mehr im Hut, die ich rauszaubern konnte. Die Mission „Held sein“ war gescheitert.

Pia, die neben mir eingeschlafen war, schien nicht die geringsten Probleme mit der Situation zu haben. In den Wirren der letzten Monate hatte sie ihre ganze Stärke unter Beweis gestellt, aber leider für die falsche Sache eingesetzt. Sie wusste noch nicht, dass in dieser Geschichte kein Platz für Sieger bleiben würde.

Mittwoch, 13.6.2007
Letzte Woche bekam ich vom Notar den Entwurf für den Ehevertrag zugeschickt. Es war eine endlose Auflistung von Verklausulierungen, die scheinbar kein Mensch verstand, und ich hatte nach Rücksprache mit Pia für heute einen Termin mit ihm vereinbart. Die düstere Möblierung in seinem Büro entsprach in etwa meinem Gemütszustand. Pia schien es auch nicht besser zu gehen, denn das sie permanent begleitende Strahlen war beim Betreten des Raums erloschen.

Während der Notar den Vertragstext vorlas, erklärte er uns die Bedeutung der ganzen Klauseln für den Fall einer Scheidung. Danach gehörte das Grundstück und der Altbau

 [5] *Aus „Fairytale gone bad“ von Sunrise Avenue © 2006 Capitol Music a Division of EMI Music Germany GmbH & Co.KG*

uns beiden, der Neubau mit dem Verbindungsgang mir alleine. Ich verzichtete im Gegenzug auf die Hälfte einer Lebensversicherung, die Pia zur Finanzierungsdeckung abgeschlossen hatte, und meinen Anspruch an ihrer Rentenversicherung. Da ich mein Einzelunternehmen schon besaß, bevor wir uns kennenlernten, sollte es auch weiterhin allein mir gehören. Obwohl ich auf diese Vereinbarung gedrängt hatte, war es nicht so, dass sie mir einen finanziellen Vorteil verschaffte. Dafür war die Belastung auf dem Neubau noch viel zu hoch. Ich würde bei einer Trennung lediglich handlungsfähig bleiben und müsste nichts aufteilen und mit Verlust verkaufen.

„Haben Sie alles erfasst und sind sich einig, diesen Vertrag zu unterzeichnen?“, fragte er uns. Mir gelang es mit Mühe, ein „Ja“ herauszubringen. Pia nickte nur zustimmend.

Dann unterschrieben wir die Fußnote zu dem Eheversprechen, das wir uns vor 14 Jahren auf dem Standesamt in Bochum gegeben hatten.

Ihr Strahlen kehrte nicht mehr zurück. Schweigend verließen wir das Notariat, schweigend fuhren wir nach Hause. Als sie ausstieg, warf sie mir einen anklagenden Blick zu, der wie ein wortloser Schrei durch mich hindurchhallte, und ich begriff, dass sie sich betrogen fühlte. Wir hatten die Einzelheiten vorher besprochen, und es war eine faire Lösung, zumal sich für niemanden etwas änderte, solange wir verheiratet waren. Doch meine göttliche Blume war offensichtlich der Meinung, dass man mit ihr keinen Vertrag gebraucht hätte, weil sie niemals jemanden übervorteilen würde. In dem Wissen, dass sie mich und das, was für uns damals in Bochum den substanziellen Inhalt der Eheschließung ausmachte, inzwischen aber mehrfach hintergangen hatte, hielt ich ihrem Blick stand.

Da waren sie wieder – die unterschiedlichen Realitäten. Wenngleich wir uns auf demselben Boden bewegten, dasselbe Haus bewohnten und dieselbe Luft atmeten, hatten wir einen vollkommen unterschiedlichen Blickwinkel auf die Dinge, weil wir die Wahrheit differenziert empfanden.

Sie glaubte nicht mehr daran, dass man in einer Beziehung dem Partner Sicherheit geben sollte, damit er Vertrauen aufbauen und sich wohlfühlen konnte. Vielmehr holte sie sich ihre Sicherheit aus den Meditationen und den anerkennenden Bestätigungen, die sie von den anderen Sektenmitgliedern aufgrund ihrer fortgeschrittenen „Entwicklung“ bekam. Das Fremdgehen war für sie nichts mehr, das man bereuen oder entschuldigen müsste. Ehe und Familie hatten in ihrer Tabelle lediglich einen Rang eingebüßt und standen nun auf Platz zwei hinter ihrem göttlichen Auftrag. Sie begriff sich als den aufrichtigsten und vertrauenvollsten Menschen, den man sich vorstellen konnte.

Ich dagegen hielt weiter an meinen Werten, mit denen ich ein Leben lang gut gefahren war, fest und erachtete Pia mittlerweile für extrem unzuverlässig. Kein Mensch, mit dem man ein Geschäft per Handschlag regeln würde, weil der unfehlbare „Gott“ eventuell nächste Woche schon andere Pläne hatte. Für mich war sie nicht mehr authentisch, und das hatte schleichend langsam begonnen, sich auf meine Liebe zu ihr auszuwirken.

Schon das erzwungene Loslassen hatte mich von ihr entfernt. Was am Ende nun ihre Gründe waren, wieder bei mir zu wohnen, kann ich nicht sagen. So wie sie sich jedoch verhielt, wäre das Argument „Eifersucht" alleine zu billig gewesen. Sie glaubte inbrünstig an das, was sie sagte und machte mir damit Tag für Tag die Hoffnungslosigkeit unserer Situation deutlich. Ich hatte aufgehört, ihre E-Mails zu lesen und schmiedete auch keine Pläne mehr. Im Grunde wartete ich nur noch auf den endgültigen Knall. Da Gernot Pia nicht in dem Zustand brauchen konnte, in dem sie sich seit dem Notartermin befand, würde er schon dafür Sorge tragen, dass sie bald wieder drüben lebte.

Was er ihr aber dazu erzählt hatte, dass sie nach dem einwöchigen Seminar in Traunstein am 30.6. wieder in unseren Altbau zog, erfuhr ich erst zwei Monate später von Marion.

Kapitel 16
Marion

Samstag, 28.7.2007

Ich war mit Mick beim Rennen im Oscherslebener Motopark. Seit gestern regnete es pausenlos, und obwohl er den zweiten Startplatz eingefahren hatte, machte es ihm diesmal wenig Spaß. Im Abschlusstraining war er auf der nassen Piste gestürzt. Bremszylinder, Verkleidung, Fußrastenanlage und ein paar Kleinteile mussten für das morgige Rennen erneuert werden. Bei dieser trüben Veranstaltung hatte es inzwischen fast jeden Fahrer erwischt. Letzten Abend hatte ich nach dem freien Training bei Kevin ausgeholfen, der am Ende der Zielgeraden beim Anbremsen gestürzt war, und heute stand sein Mechaniker bei uns im Zelt und half mir, unsere Honda neu aufzubauen.

Mein Handy klingelte. Pia war dran.

„Kann ich dein Auto haben? Vee sitzt in Köln in ihrer Wohnung und traut sich nicht mehr, selbst zu fahren. Sie hat Angstzustände und ich würde sie gern hierhin holen."

„Ja, sicher. Hol' sie ruhig. Der Schlüssel hängt im Flur am Board."

„Danke! Und wie geht's bei euch?"

„Mick ist runtergefallen. Nichts Wildes. Es regnet hier ununterbrochen. Wir sind gerade dabei, den Schaden zu beheben. Er sitzt im Wohnwagen und trocknet seine Socken vorm Heizlüfter. Willst du ihn sprechen?“

„Nein, ich muss los. Grüß ihn von mir. Tschüss!“

„Tschüss!“

Vor ein paar Tagen war der unausweichliche Trennungskrieg in die erste Runde gegangen, weil ich die Notwendigkeit nicht mehr einsah, dass sich auf meinem Firmenwagen die Kilometer zu den allsonntäglich in Köln stattfindenden Meditationen summierten. Ich wollte den Hügenspügen nicht mehr mittragen und hatte ihr nahegelegt, sich bald ein eigenes Auto anzuschaffen. Bis dahin könne sie meins weiter benutzen. Aber nur für Fahrten zu ihrer Arbeitsstelle, zum Einkaufen und als Kindertaxi.

Seit dem letzten Seminar, das im Juni in Traunstein abgehalten wurde, lebten wir wieder getrennt. Sie hatte ohne große Worte einen Schlussstrich gezogen. Es habe keinen Sinn mehr, ich glaube nicht an das, was sie tue und deshalb wolle sie keine Kraft mehr in Diskussionen mit mir investieren. Sie wolle sich ganz auf ihre Aufgabe konzentrieren und das ginge leichter, wenn sie allein wohnte. Eine abschließbare Tür wollte sie sich von Gabor demnächst in den Übergang einbauen lassen, hatte sie mir unmittelbar nach ihrer Rückkehr verkündet.

Gegen die Tür legte ich ein Veto ein, weil mich das von den Kindern, die ihre Zimmer im ersten Stock des Altbaus hatten, abgeschnitten hätte.

Dieses Regenwochenende in Oschersleben war eindeutig nicht unseres gewesen. Mick hatte sich am Sonntagmorgen lustlos in sein nasses Leder gezwängt und ohne viel Risiko einen fünften Platz ins Ziel gebracht. Es würden auch wieder bessere Tage kommen.

Dienstag, 31.7.2007

Ziemlich früh am Morgen brachte Pia Vee nach Köln zurück. Seltsamerweise hatte ich sie den ganzen Montag nicht zu Gesicht bekommen. Normalerweise rauchten wir schon mal eine Zigarette zusammen oder quatschten ein bisschen, wenn sie zu Besuch bei uns war. Aber diesmal – nichts – als wenn sie gar nicht da gewesen wäre. Gegen Mittag kam Pia in mein Büro und legte den Autoschlüssel vor mich auf den Schreibtisch. Ihre Augen funkelten, als sie sagte:

„Du bist wirklich das Allerletzte. Jahrelang hast du Vee wie ein Stück Dreck behandelt und nun leidet sie deinetwegen unter Angstzuständen!"

Der Lügenbaron in Traunstein hatte sich offensichtlich vorgenommen, unsere Scheidung voranzutreiben und dazu eine neue Eskalationsstufe ausgerufen.

„War sie bei einem Psychologen oder wie kommst du darauf?", fragte ich.

„Sie hat am vergangenen Wochenende eine Telefonsitzung mit Gernot gemacht. Der hat das aufgedeckt!"

„Und das glaubst du? Gernot dürfte kaum der Richtige sein, wenn es Vee so schlecht geht, wie du gesagt hast."

„Er hat ihr geholfen. Sie konnte heute immerhin wieder zur Arbeit gehen. Aber mit dir bin ich fertig. Vee wird noch eine ganze Weile brauchen, bis sie das aufgearbeitet hat."

Ohne mir die Chance auf eine weitere Antwort einzuräumen, stürmte sie aus dem Büro und knallte die Tür hinter sich zu.

Im Grunde durfte ich wohl noch froh sein, dass er nicht einen sexuellen Missbrauch oder sonstwas aufgedeckt hatte. Er zog jetzt alle Register und trieb den Keil immer tiefer zwischen uns.

Dabei hätte Gernot sich in diesen Tagen gar nicht mehr so viel Mühe geben müssen. Meine Gefühle für Pia waren abgekühlt. Sicher, der Stachel der Eifersucht bohrte noch gelegentlich in meinem Fleisch, besonders wenn sie zu einem Seminar fuhr, aber ich hatte sie aufgegeben, und die natürlichen Selbstschutzmechanismen meiner Psyche schienen zu greifen. Wenn mir die von mir selbst oft gestellte Frage durch den Kopf ging, ob ich sie denn zurückwollte, wenn sie jetzt noch aus irgendeinem Grund aufwachen sollte, war die Antwort immer häufiger „nein".

Von Vee war ich allerdings schwer enttäuscht. Mit ihr führte ich in der Vergangenheit mehrere lange Gespräche, in denen ich sie auf die Gefährlichkeit Gernots hingewiesen hatte. Dessen ungeachtet hatte sie sich von ihrer Mutter zu einer Sitzung überreden lassen und glaubte jetzt offensichtlich den Unfug, den Gernot dabei herausgefunden hatte. Ich schätzte, dass es ihr mit ihren Angstzuständen recht schlecht gegangen sein musste, um sich nun an diesen Strohhalm zu klammern. Für Gernot würde sie nur eine weitere sprudelnde Geldquelle sein.

In Deutschland ist doch für gewöhnlich alles verboten, wo nicht ausdrücklich „erlaubt“ drauf steht. Warum haben wir denn gegen solche Blender keine Gesetze? Nur weil sie ein bisschen schwierig zu formulieren wären? Oder weil mit ihrer Anwendung dann auch die regulären Kirchen in Bedrängnis kämen? Wenn plötzlich verboten würde zu behaupten: „Gott hat gesagt, dass ...“, müsste man ja reihenweise Religionslehrer, Pastoren, Pfarrer und Bischöfe einsperren. Woher wissen denn so viele Leute, was Gott sagt, wenn sie noch nicht mal einen Einzigen kennen, der ihn gesehen hat? Aus den bunten Bildern in ihrem Kopf etwa? So wie Pia ihre Göttlichkeit beim Seminar in Traunstein wahrgenommen hat? Wo führt uns das hin, wenn keiner mehr die Notbremse ziehen kann?

Mittwoch, 8.8.2007

Pia hatte mich gefragt, ob ich mich zwei Tage um die Kinder kümmern könnte, weil sie Dienstag und Mittwoch eine Freundin in Marl besuchen wollte. Inzwischen hatte sie sich einen gebrauchten Ford Ka gekauft, und ich dachte, es handelte sich um so was wie eine erste Spritztour, wie man sie mit einem neuen Auto gerne machte. Heute Mittag kam ihr Anruf, dass sie noch einen Tag verlängern wollte. Ich hatte in der ganzen Woche nur Büroarbeit vor der Brust, und so war es kein Problem, mich etwas mehr um die Kinder, die gerade Sommerferien hatten, zu kümmern. Nach dem Abendessen hatte ich mit ihnen noch ein wenig ferngesehen und mich dann früh hingelegt. Tim kroch neben mir unter die Decke. Er hatte entschieden, bei mir zu schlafen. Es war schön, wieder einmal jemanden neben sich zu spüren, und es dauerte nicht lange, bis ich einschlief. Mein Jüngster hatte einen unruhigen Schlaf, und so kam es, dass ich ab und zu einen Knuff bekam, ohne jedoch gänzlich aufzuwachen.

Das Letzte, an das ich mich erinnere, bevor es wieder passierte, war sein Kopf an meiner Wange. So wie vor ein paar Monaten mit Pia, nahm ich zuerst wahr, wie unsere Aura miteinander verschmolz. Dann spürte ich seine Angst. Eine riesengroße Angst, dass er Pia oder mich verlieren könnte. Ich fühlte die Angst, als wenn sie meine eigene wäre; dann sah ich neue Bilder: Pia mit der Freundin, bei der sie gerade zu Besuch war, Gernot, Karsten und noch ein paar andere aus der Gruppe beim Meditieren. Der Film riss ab und ich war eingeschlafen. Als ich am Morgen aufwachte, fiel mir alles wieder ein.

Seltsam – Tims Angst konnte ich gut verstehen, aber ein Seminar mitten in der Woche? Das hatte es noch nie gegeben. Außerdem sollte doch schon in acht Tagen hier im Westerwald eins stattfinden. Pia und ihre Freundinnen organisierten das auf einem Zeltplatz am Dreifelder Weiher.

Als Pia am Donnerstag Abend nach Hause kam, ging ich zu ihr rüber und klopfte auf den Busch:

„Sag mal, wieso hast du mir nicht gesagt, dass du zu einem Seminar fährst? Trefft ihr euch jetzt auch schon mitten in der Woche?“

„Ja, das war ein wichtiges Datum. Diese Energien standen uns nur zu dieser Zeit zur Verfügung ..., aber wer hat dir das gesagt?“

„Niemand – ich hab‘s letzte Nacht geträumt! Und warum hat mich die unfehlbare göttliche Liebe deswegen angelogen?“

Sie wurde doch tatsächlich rot.

„Weil, …, weil du sonst wieder einen Aufstand gemacht hättest und ich dann keinen für die Kinder gehabt hätte.“

„Pia, ich sag‘s jetzt zum allerletzten Mal. Danach werde ich dir gegenüber nie wieder ein Wort darüber verlieren. Gernot ist ein Betrüger. Ich weiß es und ich habe gesehen, was mit dir passiert, wenn du nicht damit aufhörst. Ich kann meinen Visionen vertrauen. Die von gestern Nacht ist das beste Beispiel.“

„Lass mich endlich damit in Ruhe. Mir geht es fantastisch und nichts von dem, was du glaubst gesehen zu haben, wird eintreten.“

„Nichts? – Und dass wir getrennt leben, ist bedeutungslos?“

„Dass wir uns trennen würden, wenn du dich nicht weiterentwickelst, habe ich dir schon lange vorhergesagt. Dafür brauchte ich keine Vision!“

„Pia, du machst einen Riesenfehler. Aber ich kann nichts mehr für dich tun.“

Mittwoch, 29.8.2007

Es war früher Abend, als Mick und ich auf der A4 Richtung Westen fuhren. Vor einer halben Stunde hatten wir bei der *Red Bull* Sichtung am Sachsenring ausgecheckt. Aus weltweit elfhundert eingegangenen Bewerbungen hatten die Scouts des Energy-Drink-Herstellers fünfzig Nachwuchspiloten ausgesucht, die an den vergangenen beiden Tagen ihr Talent zeigen durften. Dazu hatten sie mit zwei Sattelschleppern fünfzehn identische Motorräder, eine Handvoll Mechaniker, vier Grand-Prix-erfahrene Instruktoren und eine komplette Zeitnahme mitgebracht. Außerdem wuselte noch ein Kamerateam herum, das mit den aus allen Erdteilen angereisten Fahrern Interviews machte. Zweifellos war es das größte Highlight in Micks junger Karriere, dass er den Wettbewerb gegen die versammelten Nachwuchscracks als Viertschnellster abschloss.

Seit der Anreise vorgestern, war unsere Stimmung so gut, dass ich mein Handy ausgeschaltet ließ. Ich wollte uns durch nichts, was da eventuell kommen könnte, diese beiden Tage versauen lassen. Während wir zusammen mit Mark Knopfler *Speedway of Nazareth* sangen und der sich langsam vor uns senkenden Sonne entgegenfuhren, schaltete ich es ein. Kurz darauf ertönte zweimal das vertraute „Ping". Ich öffnete den SMS-Eingang. Pia und Marion hatten geschrieben. Ich las zuerst die Nachricht von Marion:

„Hallo Conny, ich hoffe es geht dir gut. Müsste mal mit dir reden. Bitte melde dich. Liebe Grüße Marion"

Die von Pia schlug wie eine Bombe in unser Happening ein:

Lieber Conny!
Ich hoffe bei euch läuft alles. Mir geht es hier nicht gut. Ich fühle mich wie gefangen und die Energien sind unerträglich. Ich möchte mir eine Wohnung im Nachbardorf suchen. So geht es nicht weiter und so kannst du mich nicht loslassen. Es muss ja nicht für immer sein. Habe keine Kraft mehr und fühle ich tue dir nicht gut.
Pia

Vor ein paar Wochen hatte sie mir noch erzählt, wie fantastisch es ihr ginge, und jetzt wollte sie ausziehen. Dabei hatten wir in der ganzen Zeit so gut wie kein Wort miteinander geredet. Das Problem des Loslassens schien mir eher bei ihr zu liegen, und wenn sie jetzt schon keine Power mehr hatte, was würde als nächstes kommen?

Vor wenigen Minuten hatte der Tag noch die Qualität zu den Top Ten meines Lebens zu gehören, und nun liefen Mick und mir einmal mehr die Tränen über die Wangen.
Als wir vier Stunden später zu Hause ankamen, ging ich sofort zu ihr.

„Bitte Pia, überleg‘ dir das nochmal. Bau‘ von mir aus die Tür in den Übergang, aber bleib‘ hier. Du weißt nicht, was du den Kindern antust, wenn du ausziehst."

„Conny, ich hab‘s mir gut überlegt. Ich habe keine Kraft mehr, um gegen die ganzen Energien hier anzukämpfen. Ich muss mich dringend erholen und das schaffe ich hier nicht.

Und wenn es mir nicht gut geht, geht es denn Kindern auch nicht gut. Ich muss weg von hier und weg von dir."

„Pia, sei doch einmal ehrlich. Das ist doch nicht auf deinem Mist gewachsen. Wenn es dir nicht gut geht, geht es den Kindern auch nicht gut. – So ein Quatsch! Was meinst du denn, wie ich mich seit Monaten fühle? Jetzt, wo es zum ersten Mal an deine Substanz geht, läufst du weg, anstatt den Arsch zusammenzukneifen. Es wird alles nur noch schlimmer. Siehst du das denn nicht?"

„Wenn ich meine Kraft wiedergefunden habe, komme ich vielleicht zurück. Jetzt muss ich erstmal hier raus."

Ich flehte sie an:

„Pia, wenn du erstmal ausgezogen bist, wirst du nie wieder zurückkommen. Bitte sei vernünftig und überleg' es dir nochmal!"

„Ja, o.k.. Ich höre nochmal in mich hinein. Bist du damit zufrieden?"

Ihre letzten Worte hatten sich nicht wie die ernsthafte Absicht angehört, noch einmal alles zu überdenken.

Wenige Tage später empfing mein Handy ihre Antwort:

Montag, 3.9.2007
Ich ziehe aus. Ich weiß nicht wann, habe noch nichts. Würde die Kinder gerne mitnehmen aber ich weiß, hier ist ihr zuhause. Ich kann nicht bleiben. Ich bleibe aber in der Nähe und bin immer für sie da. Ich gehe wegen uns. Ich schaff' das nicht so nah bei dir. Bitte lass deine Vorwürfe und Anschuldigungen und tue das beste für unser Kinder.

Keine Anrede, keine Grußformel. Irgendetwas war wieder mal passiert. Entweder innerhalb der Gruppe, oder sie hatte eine Einzelsitzung genommen. Ich tippte auf Letzteres. So eine bedeutende Entscheidung würde sie nicht ohne ihren Guru getroffen haben. Zum wiederholten Mal versuchte ich, Marion zu erreichen. Sie gehörte zu Pias Meditationszirkel und hatte kürzlich das Seminar im Westerwald mit ihr organisiert. Was konnte sie von mir wollen? Bisher war sie nie dran gegangen, wenn ich sie angerufen hatte. Diesmal nahm sie ab.

„Hallo Marion!"

„Hi Conny!"

„Ich versuche seit Tagen, dich zu erreichen!"

„Ja, ich hab's auf dem Display gesehen. Aber letzte Woche musste ich immer lange arbeiten und war dann zu kaputt, um mich noch zu melden. Außerdem ging es mir zeitweilig nicht gut und ich wollte dann nicht reden."

Sie war also ausgestiegen. Endlich wachte die Erste auf.

„Hast du aufgehört, Marion?", fragte ich sie dennoch.

„Ja, es ging nicht mehr. Die spinnen doch alle und Pia am meisten."

„Was ist denn passiert?"

„Samstag vor einer Woche rief mich Pia an und fragte, ob wir nicht alle zusammen in einem Auto nach Köln zur Sonntagsmeditation fahren sollten. Ich wollte sie aber diesmal auslassen, weil mein Kater wieder krank war und ich mit ihm zum Tierarzt musste. Wegen den dauernden Meditationen und Seminaren bin ich völlig blank. Ich wollte mir das Geld für Pia und den Sprit sparen. Aber sie quengelte so lange rum, wie wichtig das doch wäre, bis ich schließlich zugesagt habe. In Köln saßen wir so da und meditierten vor uns hin, als Pia plötzlich aufsprang und meinte, sie habe eine Eingebung von oben erhalten:

„Marion, du sollst deine Katzen ins Tierheim abgeben." Da hat es bei mir „Klick" gemacht und ich hatte endlich verstanden. Mit einem Mal hat mich Pia fürchterlich genervt. Die ist vollkommen durchgedreht und denkt inzwischen genau wie Gernot. Alles was man an Geld hat, soll man dem Weg ins Licht opfern – nichts anderem. Und wo landet es am Ende – bei Gernot. Zu mir hat er vor einer Weile gesagt, ich solle mir bei meiner Bank den Dispo erhöhen lassen, damit ich mir mal wieder eine Einzelsitzung leisten kann. Glaub' nicht, dass bei Pia was übrig bleibt von dem Geld, das sie in Köln bekommt. Das verpulvert sie für Einzelsitzungen."

„Das habe ich schon vermutet, Marion. Sie hat mir mitgeteilt, dass sie ausziehen will. Aber es scheint ihr miserabel zu gehen."

„Conny, kann ich dir was sagen?"

„Ja klar, ich denke nicht, dass mich noch was umhaut. Dafür ist zu viel passiert."

„Vor einiger Zeit hat der Gernot den Karsten zu Pias zweiter göttlicher Hälfte erkoren. Er hat die beiden tatsächlich miteinander verkuppelt. Eine Eingebung hätte er gehabt. Die beiden wären füreinander bestimmt! Aber irgendwie scheint's trotzdem bei denen nicht richtig zu laufen."

Ich hatte schon so etwas vermutet. Aus Pias Musikanlage plärrte seit Wochen der Song „*Vom selben Stern*“.

„...Wir alle sind aus Sternenstaub, in unseren Augen warmer Glanz
Wir sind noch immer nicht zerbrochen, wir sind ganz
Du bist vom selben Stern...
...Lass uns zusammen unsre Bahnen ziehn,
wir fliegen heute noch über Berlin
Ich nehm den Schmerz von dir, ich nehm den Schmerz von dir...“[6]

Als ich Marion das sagte, meinte sie:

„Ja, den hat ihr die Rosi auf CD gebrannt. Weil der Karsten doch aus Berlin kommt. Die hat aber inzwischen auch aufgehört. Der geht's genauso dreckig wie mir. Sie hat auch dauernd Angst, dass irgendetwas Schlimmes passiert.“

Rosi auch draußen? Sie arbeitete mit Pia zusammen im Krankenhaus und hatte ein absolutes Esoterikfaible. Noch vor nicht allzu langer Zeit stürzte sie sich Hals über Kopf in eine leidenschaftliche Affäre mit Peter. Den beiden war angeblich ihre alte Seelenverwandschaft im Rahmen der Gruppenarbeit bewusst geworden. Ich denke eher, es war eine Mischung aus der entaktogenen Wirkung, die die Gruppentreffen hatten, und einer Retourkutsche für Elvira, Peters Frau. Denn Peter legte keinen Wert auf die Geheimhaltung der Romanze.

Ich versuchte, Marion zu beruhigen.

„Euch wird nichts passieren, außer, dass es euch bald besser geht.“

 [6] Aus „Vom selben Stern“ von Ich + Ich, © 2007 Polydor, Universal Music Domestic Division

„Ich weiß ja, dass du recht hast, Conny. Trotzdem habe ich Angst. Ich kann dir nicht sagen warum, nur, dass sie da ist. Genau wie bei Rosi. Gernot hat uns so tief eingepflanzt, dass wir bestraft würden, wenn wir unser Versprechen gegenüber Millionen von Seelen nicht einhalten, dass wir uns immer noch für die verantwortlich fühlen, obwohl wir inzwischen wissen, dass es Blödsinn ist."

Dann sprachen wir darüber, wie Gernot Lorenz es anstellte, die Gruppenmitglieder über die Meditationen zu manipulieren. Nach ihrem Ausstieg hatte sie sich im Internet über weitere Manipulationstechniken informiert. Bei ihr war es ein ganz bestimmter Schmuck. Eine Halskette, die Gernot vermeintlich gut gefallen hatte und die sie zu jedem Seminar tragen sollte. Immer wenn er ihr etwas besonderes sagen wollte, berührte er dabei diese Halskette und stellte so eine vertraute, sichere Verbindung her.

„Conny, in meinen Augen ist er ein skrupelloser Verbrecher, der vor gar nichts zurückschreckt."

„Ich weiß, Marion. Aber wir haben nichts gegen ihn in der Hand, und Pia vertraut ihm mehr als jedem anderen Menschen. Sie lässt schon lange nicht mehr mit sich reden."

„Tut mir so leid für euch. Als ich euch kennenlernte, wart ihr das perfekte Paar."

„Ja, manchmal denke ich, dass ich nur aufwachen müsste. Aber ich wache nicht auf. Es ist leider nicht nur ein böser Traum."

Wir vereinbarten, in Kontakt zu bleiben und ab und zu zu telefonieren.

Kapitel 17
Ende

Samstag, 22.9.2007

Ich hatte mich bei Nicole Fischer auf einen Kaffee und eine Zigarette eingeladen. Wir saßen in ihrem Garten und rauchten.

Sie und ihren Mann lernten wir kennen, als wir Mick kurz nach unserem Umzug in der örtlichen Krabbelgruppe anmeldeten. Mick fand in Nicoles ältestem Sohn seinen ersten Sandkastenfreund. Pia und Nicole waren sich ebenfalls auf Anhieb sympathisch und so kam es, dass wir damals wenig Probleme hatten, im Dorf Anschluss zu finden. Es dauerte nicht lange und die beiden wurden zu dicksten Freundinnen. Umso verwunderlicher war es für mich, dass Nicole die einzige aus Pias Gefolgschaft war, die widerstehen konnte und nicht in ihrem Meditationsclub landete. Diese Stärke und Authentizität hätte ich der gemütlichen Mutter von drei Kindern gar nicht zugetraut.

„Ich habe keine Ahnung, wie ich das mit meiner Arbeit geregelt kriegen soll, wenn sie nicht mehr da ist. Ich kann die Jungs doch nicht tagelang allein lassen, wenn ich einen Auftrag in Bayern oder sonstwo habe."

„Übernächste Woche zieht sie schon aus?", antwortete Nicole und blies den Rauch aus ihrer Lunge.

„Ja, wenn ich mit den Kindern in der Türkei bin. Sie hat in Wienau eine Wohnung gefunden. Zur Zeit streicht sie gerade die Wände an."

„Ich vermute, es hat auch noch andere Gründe, dass sie so schnell wie möglich hier weg will.“

Ich schaute sie fragend an. Nicole hörte das Gras wachsen und war immer bestens informiert, was im Dorf so umging.

„Es wird gemunkelt, dass sie ein Verhältnis mit Gabor haben soll. Den Leuten ist wohl aufgefallen, dass sie immer zu ihm geht, wenn Manuela wegen ihrer Nagelpflege unterwegs ist. Der hat angeblich bei einem Kumpel damit angegeben, dass er mit ihr im Bett war. Ich denke, Pia kann sich hier im Dorf nirgendwo mehr blicken lassen. Manuela hat inzwischen bei Gernot aufgehört, und im Krankenhaus wird vermutlich auch über sie geredet, seit die Rosi ausgestiegen ist. Sie hat hier keine Freunde mehr. Zu mir hat sie den Kontakt ja auch abgebrochen, als ich ihr sagte, sie soll mich endlich mit ihrem religiösem Getue in Ruhe lassen.“

„Hhm, das geht jetzt alles sehr schnell, Nicole. Viel zu schnell. Das wird sie nicht wegpacken. Dass sie mit Gabor ein Verhältnis haben soll, glaube ich nicht. Erstens hat ihr Gernot schon jemand anderen besorgt und zweitens ist er nicht ihr Typ. Die quatschen höchstens viel miteinander. Pia mag ihn. Aber mit seiner Aufschneiderei hat er sich keinen Gefallen getan. Sobald Pia das erfährt, bricht sie den Kontakt zu ihm auch noch ab.“

Nach einer kurzen Pause meinte sie:

„Du solltest ein Buch schreiben, Conny. Wenn nicht du, wer sollte denn dann noch eins schreiben?!“

Sie hatte recht. Nur hatte ich nicht die geringste Ahnung, wie das geht.

Donnerstag, 15.11.2007
Im Türkeiurlaub kam mir ein Einfall, wie ich vielleicht mein berufliches Dilemma lösen könnte.

Nach meiner Rückkehr machte ich Dietmar den Vorschlag, bei mir einzuziehen. Er klagte sowieso schon länger darüber, dass ihm seine Kölner Wohnung zu teuer wurde, und billiger als zum Nulltarif bei mir würde er nirgends unterkommen können. Außerdem schwebte mir eine berufliche Zusammenarbeit mit ihm vor. Wir könnten uns Aufträge teilen und ich hatte da noch ein paar andere Ideen.

Seit Anfang November lebten wir dann in einem reinen Männerhaushalt.

„Ping" – mein Mobiltelefon gab Laut.
Die SMS war von Pia:

„Kann hier nicht mehr leben. Halte es einfach nicht mehr aus. Suche mir in Traunstein eine Arbeit und ziehe hier weg."

Man sollte Pia das Handy per Gerichtsbeschluss entziehen. In ihren Händen war es zu einer gefährlichen Waffe geworden. Und es traf dich immer aus dem Hinterhalt.
Gernot begann, seine Jünger um sich zu scharen. Er hielt sich wirklich für eine Art Jesus Christus und brauchte für sein Selbstverständnis offensichtlich einen Stab eigener

Apostel. Marion hatte mir schon gesagt, dass andere Mitglieder ebenfalls ihre Heimat aufgegeben hatten und nach Oberbayern gezogen waren. Zwei davon hatten wie Pia ihre Ehe dafür gekippt. Darunter eine Mutter von vier Kindern. Zu meinem Entsetzen erfuhr ich von Tim, der Pia regelmäßige in Wienau besuchte, dass Vee sich bei einem Seminar in einen jungen Mann aus der Gruppe verliebt hatte und bereits seit zwei Wochen in Traunstein wohnte.

Pia war mir zwar alles andere als egal, aber ich hatte schon vor einiger Zeit aufgehört, die Frage in meinem Kopf, ob ich sie nochmal zurückwollte, mit „ja" oder „vielleicht" zu beantworten. Sie tat mir nur noch leid. Mir ist in meinem Leben niemand begegnet, dessen Seele so vergewaltigt wurde wie die meiner Frau. Aber die Art, wie es passierte, und was sie aus freien Stücken dazu beitrug, ließ sie mich nicht ausschließlich als Opfer sehen.

In meiner Antwort bat ich sie, ihre Entscheidung den Kindern persönlich beizubringen. Inzwischen traute ich ihr zu, dass sie denen auch eine SMS schickte.

Am ersten Januar ist sie dann nach Traunstein gezogen. Viel habe ich ab da nicht mehr von ihr gehört. Tim hat sie zwei- oder dreimal besucht, bis ich im August 2008 dann wieder eine SMS von ihr bekam:

„Lieber Conny, ich fühle, dass du frei sein willst und ich bin auch dafür bereit. Deshalb werde ich in den nächsten Tagen die Scheidung einreichen. Gruß Pia"

Ich hatte nichts dagegen, dass sie mir zuvorkam. Eigentlich war ich nur noch nicht beim Anwalt, weil ich bisher keine Zeit dafür gefunden hatte. Arbeiten und zwei Kinder aufziehen ist ein ziemlich mühsamer Job, aber nun würde ich es nicht länger rausschieben können.

Mittwoch, 12.11.2008

Vor ein paar Tagen teilte mir Tim traurig mit, dass Pia den Kontakt zu ihm und Mick abgebrochen hätte.

„Es tut ihr im Moment zu weh, mit uns zu sprechen, hat sie zu mir gesagt. Aber sie ruft uns an, wenn es ihr wieder besser geht!“, presste mein kleiner Mann tapfer heraus. Dann grinste er. „Und ich werde Onkel. – Vee kriegt ein Baby!“

Vee – schwanger? Ich hatte Pia damals nichts von der Schwangerschaft erzählt, die ich bei ihr vorhergesehen hatte. Jetzt erinnerte ich mich, irgendwo einmal eine Hypothese über das Schicksal gelesen zu haben, die besagte, dass, wenn Eltern nicht stark genug für eine Aufgabe sind, ihre Kinder diese unter Umständen für sie übernehmen würden. Hatte Vee ihrer Mutter diesen Part vielleicht abgenommen? Schicksal, Zufall oder alles nur Hügenspügen?

An diesem Abend rief mich Marion an:

„Hallo Conny!“

„Ach du bist es. Schön, dass du anrufst, Marion. Wie geht es dir?“

„Viel besser, Conny. Du musst mal im Internet auf Gernots Seite gehen. Er hat es tatsächlich geschafft und einen gemeinnützigen Verein aus seiner Sekte gemacht.“

„Das wollte er doch schon lange. Pia hat mir mal gesagt, dass er daran arbeitet, eine Stiftung oder einen Verein zu gründen, um noch besser an Gelder für seine Vorhaben zu kommen. Das ist ihm anscheinend jetzt gelungen."

„Ja, aber du musst dir das einfach bei Gelegenheit durchlesen", sagte sie.

Nachdem sie aufgelegt hatte, öffnete ich die Seite im Netz. Tatsächlich, Gernot war jetzt offiziell Vereinsvorsitzender eines gemeinnützigen Vereins. Karsten schien auch nach Traunstein gezogen zu sein. Er war als Kassenwart eingetragen. Seltsam, wieso ging es Pia dann so schlecht, wenn sie jetzt mit ihrer „zweiten göttlichen Hälfte" zusammenleben und dem Licht entgegenstreben konnte? Ich las weiter – Vereinszweck:

„Die Heilung von Menschen mit akuten Störungen des seelischen Zustandes. Ausheilung aller Symptome wie Bewusstseinsverzerrungen, Angst- und Panikzustände, Verzweiflung bis hin zu Lebensangst und Neigungen zur Selbstzerstörung bis hin zum Suizid."

Hatte er jetzt einen Psychologen angestellt? Das waren doch eindeutig Heilsversprechungen, die er mit seiner fehlenden beruflichen Qualifikation gar nicht abgeben dürfte. Danach müsste ihn doch jemand bei der Vereinsgründung gefragt haben.

Mittwoch, 4.3.2009

Vor dem Saal 106 im ersten Stock des Amtsgerichts Montabaur sah ich Pia nach über einem Jahr wieder. Als sie mich erkannte, wendete sie sich grußlos ab und ging ein Stück den Gang entlang.

Mit Ausnahme des Umgangsrechts für die Kinder hatten unsere Anwälte, besser gesagt unsere Anwältinnen, da wir uns beide für weibliche Rechtsbeistände entschieden hatten, nichts, in das sie sich hätten verbeißen können. Im Laufe des heutigen Scheidungstermins sollte das geklärt werden. Ich hatte mich kategorisch geweigert, regelmäßige Besuchsfahrten der Kinder ins 700 Kilometer entfernte Traunstein zu ermöglichen, wenn Pia nicht verbindlich zusagte, sie von ihrer Sekte fernzuhalten. Damit hatte sie sich bis dato aber nicht einverstanden erklärt. Einer Vorladung des Jugendamts in Traunstein, wo sie über das Treiben ihre Gruppe Auskunft geben sollte, war sie aus gesundheitlichen Gründen nicht gefolgt.

Die Richterin fragte sie:

„Frau Burger, wann haben Sie Ihre Kinder zum letzten Mal gesehen?“

„Den Tim im August und den Mick vor ungefähr einem Jahr.“

„Und wie findet der Kontakt zur Zeit statt?“

„Gar nicht. Ich schaffe es nicht, sie anzurufen und habe den Kontakt vor einiger Zeit abgebrochen.“

„Was heißt: Sie schaffen das nicht? Das sind Ihre Kinder. Die brauchen Sie doch.“

„Ich schaffe das aber im Moment psychisch nicht. Wenn es mir wieder besser geht, melde ich mich bei den Kindern."

„Wann haben Sie den Kontakt abgebrochen?"

„Im Oktober vergangenen Jahres."

Die Richterin zuckte kurz.

„Frau Burger! So wie Sie sich das vorstellen, geht das nicht. Sie nehmen umgehend den Kontakt zu ihren Kindern wieder auf. Wenn Sie nicht dazu in der Lage sind, begeben Sie sich in psychologische Betreuung."

„Ja, das wollte ich jetzt auch", antwortete Pia kleinlaut.

„Danach besuchen Sie die Kinder zweimal im Westerwald und dann sehen wir weiter. Ich schlage vor, die Frage über das Umgangsrecht vom Scheidungsverfahren abzukoppeln. Sind die Parteien damit einverstanden?"

Wir erklärten unser Einverständnis und wurden umgehend geschieden.

Dieses Häufchen Elend im Saal 106 war nicht mehr Pia, die ungewöhnlich starke Frau, die immer wusste, wo es langging und für jedermann in ihrem Umfeld eine Stütze war. Die sich mit allem, was sie an Kraft zur Verfügung hatte, für Gernots Prophezeiungen eingesetzt und die ganze Gruppe mitgerissen hatte. Sie war vollkommen am Ende. Anstatt sich in dem einen Jahr, das sie nun schon in Traunstein weilte, zu erholen und ihren inneren Frieden wiederzufinden, war sie von ihren Vertrauten völlig zu Grunde gerichtet worden.

Ich dachte an das, was ich über den Zweck von Gernots Verein im Internet gelesen hatte: „Die Heilung von Menschen mit akuten Störungen des seelischen Zustandes." – Pia war kerngesund, bevor sie Gernot kennenlernte und hatte nicht die geringsten Störungen. Sie war die Ausgeglichenheit in Person, und nun konnte sie noch nicht einmal mehr mit ihren Kindern telefonieren, die sie ohne jeden Zweifel liebte.

Samstag, 28.3. 2009

Als das Telefon gegen 19.30 an diesem Tag ging, hörte ich ihre Stimme zum letzten Mal.

„Hallo Conny! – Du, ich weiß nicht, ob ich den Unterhalt für die Kinder weiter bezahlen kann. Ich hab' meine Arbeit gekündigt. Mir geht es zu schlecht. Ich kann nicht mehr."

„Bitte Pia, geh' endlich zu einem Therapeuten. Und melde dich mal bei den Kindern. Sie würden sich so freuen!"

„Ja, mach ich, ich versuch's."

Nach diesen wenigen Worten verabschiedete sie sich wieder.

Ob das ein letzter Hilferuf war, kann ich nicht sagen. Es schien mir aber nicht, als wenn sie länger hätte mit mir reden wollen. Sie hatte das Ende des Gesprächs selbst bestimmt, und ich war zu überrascht, um nachzuhaken.

Montag, 30.3.2009

Ich las gerade meine E-mails, als das Telefon klingelte.

„Mama ist tot. Sie hatte gestern einen Unfall."

Es war Vees Stimme.

„Mein Gott – Vee – was ist passiert?"

„Die Polizei war hier. Sie haben ihr Auto gefunden."

Über den Rest des Gesprächs haben sich Nebelschwaden des Vergessens gelegt. Ich kann mich beim besten Willen nicht mehr erinnern, was wir uns sonst noch gesagt haben. Alles erstickte in Dunkelheit und Düsternis. Vor nicht wirklich langer Zeit war Pia der strahlendste Stern an meinem Firmament, und nun war er vom Himmel gefallen.

Das war es also gewesen, das Schreckliche und Angsteinflößende, das damals keine bildhafte Gestalt angenommen hatte. Ich hatte Pias Tod vorausgeahnt, ohne es zu wissen.

Aber dass sie einen Unfall hatte, glaubte ich Vee nicht. Ich ließ mir von der Auskunft die Nummer der Polizei in Traunstein raussuchen.

„Guten Morgen, mein Name ist Burger. Ich rufe wegen eines Todesfalls in ihrem Bezirk an."

„Grüß Gott, Herr Burger, einen Moment bitte, da muss ich Sie weiterverbinden …."

Dann meldete sich ein Beamter, der mir erklärte, dass er den Fall nicht bearbeitet und deshalb dazu nichts sagen kann. Er bat mich um meine Nummer und meinte, dass mich der entsprechende Kommissar zurückrufen wird.

Etwa eine Stunde später klingelte mein Telefon erneut. Es war der zuständige Kriminalbeamte.

„Grüß Gott, Herr Burger!"

„Guten Tag. Meine Stieftochter hat mich heute morgen angerufen und mir mitgeteilt, dass meine Exfrau einen

Unfall mit Todesfolge hatte. Können Sie mir dazu Näheres sagen?"

„Herr Burger, vermutlich ist das Mädchen wegen des Todes ihrer Mutter etwas verwirrt. Ihre Frau hatte keinen Unfall. Sie ist gestern Nachmittag südlich von Inzell von einer Brücke der B 305 in die Weißbachschlucht gesprungen. Sie war sofort tot. In ihrem Wagen, den sie mitten auf der Fahrbahn stehen ließ, haben wir mehrere leere Medikamentenpackungen gefunden. Nach dem jetzigen Stand der Ermittlungen deutet alles auf Suizid hin."

Und Gernot, der sie in diese ausweglose Situation manövriert hatte, war nicht in der Lage gewesen, etwas dagegen zu unternehmen. Obwohl er, als Pias wichtigster Vertrauter, in ständigem Kontakt mit ihr war. Obwohl er genau für solche Fälle seinen Pseudoverein gegründet hatte, der nun, ein halbes Jahr nach seinem Bestehen, bereits eins seiner engagiertesten Gründungsmitglieder auf dem Gewissen hatte.

Ich teilte dem Kripobeamten meine Gedanken mit, aber er machte mir keine Hoffnung auf Gerechtigkeit:

„Ich versichere Ihnen mein größtes Bedauern, Herr Burger, aber diese Leute haben sich vorher schlau gemacht und sind so clever, dass wir ihnen nicht beikommen können."

„Haben Sie es denn schon versucht?", wollte ich von ihm wissen. „Dann kriegen Sie ihn von mir aus wegen Steuerhinterziehung oder irgendetwas anderem dran. Al Capone haben sie schließlich auch so aus dem Verkehr gezogen."

„Ja, aber Herr Lorenz ist Gott sei Dank nicht Al Capone. Ich werde sehen, was ich machen kann. Es hängt in erster Linie von der Staatsanwaltschaft ab. Wenn wir ermittlungstechnisch tätig werden sollen, müssen Kapazitäten dafür freigegeben werden."

Die Staatsanwaltschaft Traunstein sah in der Folge dann tatsächlich keinen Grund, weitere Ermittlungen gegen ein angesehenes Gemeindemitglied anzustrengen.

Zu Pias Beerdigung waren auch zwei ihrer Arbeitskollegen gekommen. Bezeichnenderweise hat sie zuletzt in einer offenen Psychiatrie für Suchtkranke gearbeitet. Eigentlich genau der Ort, an dem ihr hätte geholfen werden können, sofern sie noch den Mut aufgebracht hätte, den Menschen dort zu sagen, was wirklich mit ihr los war. Auch hier, so bekundeten die beiden, war sie sehr beliebt. Gleichwohl bemerkten ihre Kollegen, dass etwas mit ihr nicht stimmte, weil sie zuletzt mehrfach morgens angerufen hatte, um mitzuteilen, dass sie nicht arbeiten könnte. Sie hätte von Angst- und Panikattacken gesprochen. Dass die Ursache ihrer Probleme eine Sektenzugehörigkeit war, hatte niemand im Entferntesten vermutet.

Da sie keinen Abschiedsbrief hinterlassen hat, in dem sie uns mitteilte, was sie am Ende zu dieser verzweifelten Tat verleitete, bleibt Raum für Spekulationen. Die Pia, die ich kannte, bevor sie Herrn Lorenz kennenlernte, wäre niemals dazu fähig gewesen. Wir hatten lange Gespräche über den Selbstmord des Mannes ihrer Freundin Maria und den aus meinem eigenen Bekanntenkreis geführt, und so ein Schritt war für uns undenkbar.

Sie wird irgendwann gemerkt haben, dass die ganzen wundervollen Verheißungen nicht eintraten und es auch nicht mehr tun würden. Über ein Mitglied der Gruppe ist durchgesickert, dass sie zuletzt nur noch übellaunig teilgenommen hat, weil sie sich nicht verzeihen konnte, ihre Kinder im Stich gelassen zu haben. Sie müsse sich selbst verzeihen. Das ist ihr von ihrem Guru auferlegt worden. Genauso, wie der Kontakt zu Aussteigern und „Ungläubigen" abzubrechen war. Sie hatte sich auf sein Geheiß von ihren Freunden, ihren Geschwistern und ihrer Mutter abgeschnitten und war schließlich so gebrochen, dass sie nicht einmal mehr mit ihren Kinder sprechen konnte. Dann ist irgendwann Karsten, ihre „zweite göttliche Hälfte", ausgetreten, und sie war alleine mit einem Haufen unerfüllter Versprechen. So ließen sich die euphorischen Gemütszustände der früheren Seminarbesuche und Gruppentreffen nicht mehr herstellen. Das Pendel schlug hart gegen sie zurück, und ihr Stolz und das Wissen, zuviel verbrannte Erde hinterlassen zu haben, um in ein normales Leben zurückzukehren, verbauten ihr jeden vorstellbaren Ausweg. Mit einem Mal wird sie realisiert haben, dass sie sich selbst jede Perspektive genommen hatte.

Ein paar Tage später rief ich bei der Bild Zeitung in München an. Normalerweise würden sie nicht über Suizid berichten, aber dieser Fall schien ihnen interessant genug, dass sie einen freien Mitarbeiter bei mir vorbeischickten. Nachdem ich ihm klar gemacht hatte, dass ich keinen Verriss von meiner Ex-Frau in Deutschlands größtem Boulevardblatt lesen mochte, sondern stattdessen Pias Schicksal nutzen und die Menschen auf die Gefahr von Kleinsekten aufmerksam machen wollte und er zugestimmt hatte, es in dieser Richtung abzufassen, erzählte ich ihm die ganze Geschichte. Das Material war so umfangreich, dass er dafür eine halbe Seite einplante. Bei seinen weiteren Recherchen stellte sich heraus, dass den Sektenbeauftragten der beiden großen christlichen Kirchen allein in Bayern 600 dieser religiösen Kleinstgruppierungen bekannt sind. Bei durchschnittlich 25 Mitgliedern pro Gruppe geht man, auf die Bundesrepublik hochgerechnet, von etwa 100.000 Betroffenen aus.

100.000 Menschen, von denen keiner klagt, von denen kaum jemand etwas hört, weil sie entweder noch an ihrem Guru kleben oder psychisch viel zu kaputt sind, um Ambitionen auf Wiedergutmachung zu hegen. Sämtliche Aussteiger, mit denen ich gesprochen habe, möchten eigentlich nicht mehr über diese Zeit ihres Lebens sprechen und verdrängen die seelische Vergewaltigung und den finanziellen Verlust, den sie in der Zeit ihrer Abhängigkeit erlitten haben.

Dann brach die Panik mit der Schweinegrippe aus, und unsere größte Zeitung hatte keine halbe Seite mehr frei, um den Bericht über Pia zu bringen. So war es also an mir, euch unsere Geschichte zu erzählen, und wenn sie einen einzigen Menschen, eine Ehe oder eine Familie vor dem gleichen Schicksal bewahren kann, ist ihr Tod nicht vergebens gewesen.

Du hast unser Leben
Mit deinem Licht überstrahlt
Hast jeden Kummer
Durch Mut gebannt
Mit königlichem Stolz und endloser Güte
Wir behalten dich für immer in uns
Bis der letzte Vorhang fällt

Epilog

Ich gebe zu, dass vieles von dem, was ich hier geschrieben habe, für manchen Leser so unglaublich klingt, dass er es für Fiktion halten könnte. Aber alles, jede Einzelheit ist wahr, nicht übertrieben oder beschönigt und hat sich in dem angegebenen Zeitrahmen abgespielt. Um die ganze Geschichte in einen durchgängigen Handlungsstrang fassen zu können, habe ich mir lediglich erlaubt, einiges zu raffen, vieles aber auch wegzulassen, weil es mir nicht gelang, dafür die passenden Worte zu finden oder weil ich das Andenken an meine Frau nicht verunglimpfen wollte.

Wie ich erfahren habe, distanziert sich die Sekte, die von sich selbst bekundet, keine zu sein, mittlerweile von Pia und behauptet, sie wäre schon vor ihrem Eintritt psychisch krank gewesen. Das ist natürlich unwahr. Pia war bis zu dem Zeitpunkt, als sie Gernot Lorenz das erste Mal begegnet ist, vollkommen gesund, arbeitete in einer verantwortungsvollen Position als Nachtschwester in einem Westerwälder Krankenhaus und war bei allen Menschen, die sie kannten, auf Grund ihrer Hilfsbereitschaft, Offenheit und ihres natürlichen Charmes überaus beliebt.

Obwohl ich alle Namen der auftretenden Personen und viele Ortsnamen geändert habe, könnte es im Zeitalter von Google dem einen oder anderen gelingen, die tatsächlichen Protagonisten ausfindig zu machen. Deshalb weise ich an dieser Stelle ausdrücklich darauf hin, dass für meine Schilderung der Symptome des Drogenkonsums keine endgültigen Beweise vorliegen, dass er tatsächlich auch stattgefunden hat. Die beschriebenen Entzugserscheinungen, die Halluzinationen sowie das von Gernot vorhergesehene und erklärte Kollabieren Pias unter extremer Atemnot im Rahmen eines Seminars entsprechen der Wahrheit und sind durch Zeugen belegbar.

Da mir aber der medizinische Nachweis dafür nicht gelang, muss für den Sektenführer in diesem Fall die Unschuldsvermutung gelten.

Nichtsdestotrotz sind in seinem Dunstkreis seit 2005 zwei Menschen gestorben und mindestens vier Ehen zerbrochen. Einige andere Paare, denen er ebenfalls eine Trennung nahelegte, um ihre göttlichen Aufgabe erfüllen zu können, haben glücklicherweise vorher den Absprung geschafft.

Was machen sie heute?

Peter

ist schon vor Pias Tod aus der Sekte ausgetreten. Nicht ohne seinen Dank für die schönen Erfahrungen, die er in der Gruppenarbeit machen durfte, auszusprechen. Aber er wolle seinen spirituellen Weg jetzt lieber alleine weitergehen. Ich habe den Kontakt zu ihm abgebrochen, weil er immer noch nicht einsehen will, dass Gernot nur ein Rattenfänger ist. Der Beerdigung seiner Schwester ist er ferngeblieben und hat statt dessen eine Erklärung verlesen lassen, in der er zum Ausdruck brachte, dass sie ihm immer ein Vorbild war und sie nun vorangegangen ist, zu einem Ort, an dem er sich freue, sie wiederzutreffen. Er lebt mit seiner Frau Elvira und seinen Kindern in der Nähe von Augsburg.

Dietmar

Hat ungefähr ein Jahr bei mir gewohnt und ist inzwischen wieder nach Köln gezogen. Das Landleben ist ihm auf die Dauer zu langweilig geworden.

Carola

ist wieder ganz gesund geworden und kann sogar offen über ihre Erlebnisse in der Gruppe sprechen. Sie lebt mit Manfred und ihren Kindern in der Nähe von Ulm und vermisst ihre Zwillingsschwester.

Verena

wohnt mit ihrem Lebensgefährten, einem Sektenmitglied, mit dem sie seit Sommer 2009 ein Kind hat, in der Nähe von Gernot. Unsere Kontakte beschränkten sich auf die Nachlassregelung. Auch sie war bei der Beerdigung ihrer Mutter nicht anwesend.

Nicole

Bei ihr hat der Tod ihrer besten Freundin starke Verlustängste ausgelöst, die sie schon seit ihrer Kindheit in sich vergraben hatte. Sie ist seit einem Jahr in psychologischer Betreuung. Inzwischen ist sie auf dem Weg der Besserung.

Karsten

lebte ein paar Monate in Traunstein und war Kassenwart des von Gernot gegründeten Vereins. Er hat die Sekte einige Zeit vor Pias Tod verlassen und ist nach Berlin zurückgezogen.

Manuela

Der Seitensprung im Rahmen der Gruppenarbeit hat ihr nicht geholfen, das Verhältnis mit Gabor vor dem Siechtum zu retten. Die beiden wollen ihr Haus verkaufen und sich scheiden lassen.

Rosi

überwand nach ihrem Austritt die monatelangen Angstzustände und hat in ein normales Leben zurück gefunden. Sie freut sich mit ihrem neuen Freund auf ein Baby.

Laura

lebt ein von gesunder Spiritualität geprägtes Leben mit ihrem Mann und ihren drei Kindern in der Schweiz.

Marion

Auch sie überwand die Angstzustände innerhalb einiger Wochen nach dem Austritt und fand einen neuen Lebensgefährten.

Karin

ist im Herbst 2007 aus der Gruppe ausgetreten, weil sie merkte, wie unfrei sie dort geworden war. Ich habe den Kontakt zu ihr abgebrochen, nachdem ich erfahren hatte, dass sie Pia im Sommer 2007 dazu gedrängt hat, eine Verbindung mit Karsten einzugehen.

Mick

ist eher der introvertierte Typ. Er spricht so gut wie nie über seine Mutter. An Weihnachten und seinen Geburtstagen zieht er sich zurück, weil diese Feste in ihm eine große Traurigkeit auslösen und daran erinnern, wie schön es früher mit Pia gewesen ist. Sein Traum ist es, eines Tages Profirennfahrer zu werden.

Tim

ist immer sehr präsent, möchte aber auch nicht über Pia sprechen. Genau wie sein Bruder weigert er sich, psychologische Hilfe in Anspruch zu nehmen. Sie versuchen beide, mit dem Verlust „männlich" umzugehen. Ich hoffe inständig, dass uns allen das nicht irgendwann auf den Kopf fällt.

Conny

Die vielen Tränen im Verlauf der scheibchenweise erfolgten Trennung haben nach Pias Tod keine richtige Trauer mehr zugelassen. Es vergeht aber nicht ein Tag, an dem ich nicht an sie denke oder im Geiste mit ihr rede.

Gernot und seine Jünger

arbeiten in einer Kleinstadt in Oberbayern, unweit der österreichischen Grenze, immer noch unermüdlich daran, uns alle ins Licht zu führen.

Quellennachweise

1 www.nlp-ausbildung.de

2 www.hilfe.24.de

3 Aus „Auch im Regen“ von Rosenstolz, © 2006 Universal Music GmbH

4 Aus „Jessie“ von Joshua Kadison, ©1993 Capitol Records Inc.

5 Aus „Fairytale gone bad“ von Sunrise Avenue © 2006 Capitol Music a Division of EMI Music Germany GmbH & Co.KG

6 Aus „Vom selben Stern“ von Ich + Ich, © 2007 Polydor, Universal Music Domestic Division

Dieses Buch ist für alle Menschen, die in ihrem Leben am Abgrund gestanden haben oder gerade eine Situation erleben, in der sie glauben, es geht nicht mehr weiter. Alles scheint ohne Ausweg und hoffnungslos verfahren. Ich möchte euch sagen, dass es immer einen Grund gibt, weiterzumachen und nicht aufzugeben. Schaut in diesen dunklen Momenten nur auf das Wesentliche, habt Geduld und Vertrauen. Irgendwo da draussen gibt es eine Lösung, und solange ihr darum kämpft, seid ihr nicht verloren.